Stampato su richiesta da Amazon KDP

Independently published

The characters and events depicted in this book are fictitious. Any resemblance to actual persons, living or dead, is purely coincidental and not intended by the author.

ISBN: 978-1073518050

Independently published

Printed on demand by Amazon KDP

Sul nido del cuculo

Mind's Nest

*

Domenico Attanasii

«La sofferenza disorienta»

(Ferzhelschultz)

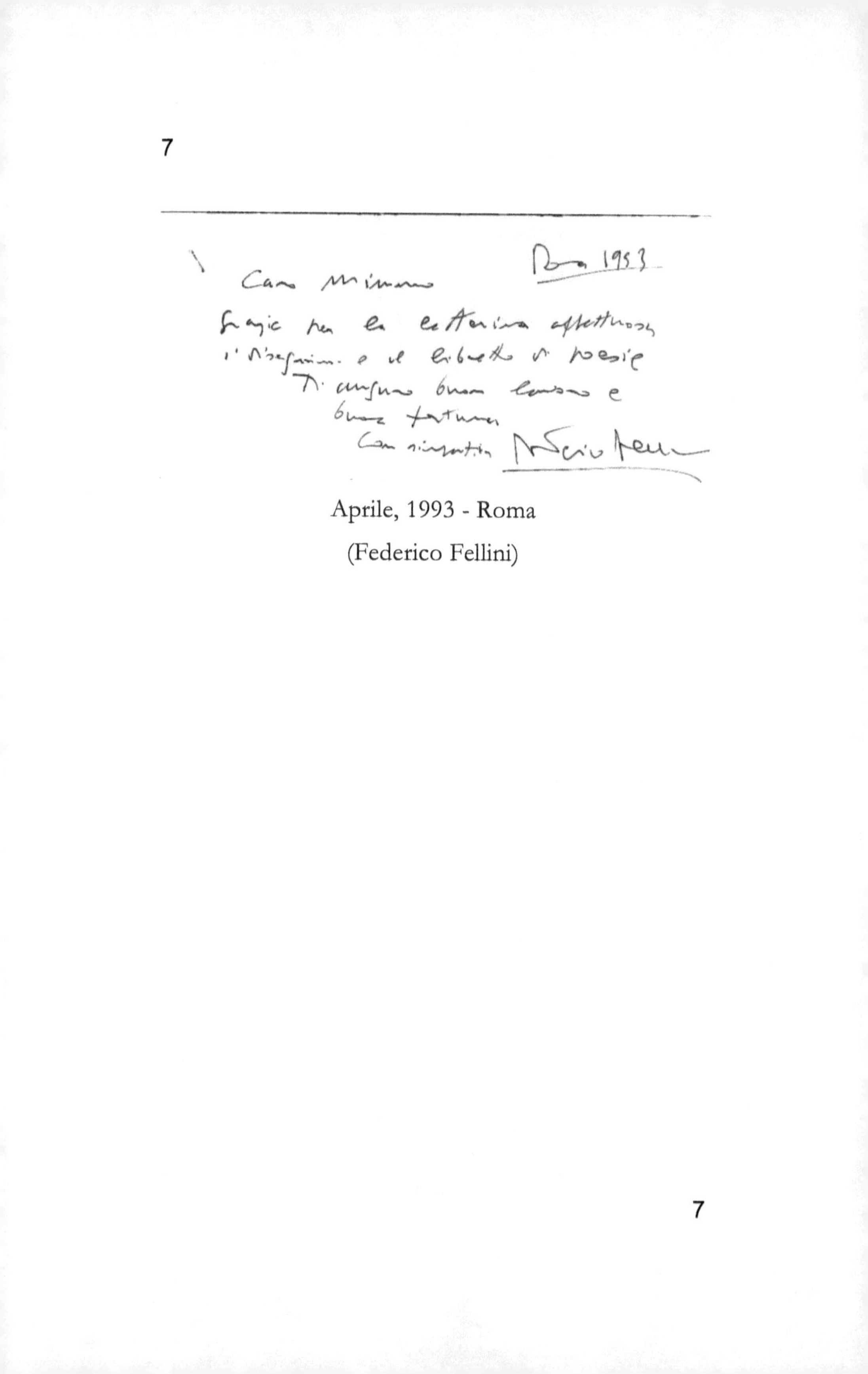

Aprile, 1993 - Roma

(Federico Fellini)

Racconti

(Foto di copertina di Gabriele Attanasii)

La vecchia sul trapezio

L'ombra grigia apparsa sulla parete della grande sala ovale del Circolo cittadino si presentava assai somigliante a un contorno geografico. Gerrit Drift vide pulsare quei limiti imprecisi fino a quando l'equilibrio sul dondolo rese possibile la messa a fuoco.

«Si accarezzò le palpebre e si ritrovò solo sulla strada» Il rosso e il bianco delle fiancate, i finestrini illuminati dalle lampade fluorescenti e le figure dei passeggeri appesi alle maniglie di cuoio assieme ai volti delle persone sedute sulle seggiole sfilarono via come i teli di un sipario. Il trillo dei campanelli sorresse l'esuberanza di Gerrit allorché dal transito dei tram sbucò fuori l'amico Dow.

«Anche oggi ci diamo il cambio: non sono riuscito a restare solo in casa! Vieni, ti offro un caffè»

«Ho gli occhi gonfi...» rispose Gerrit, sulla soglia del Circolo. Prima di accomodarsi, Dow s'addentrò nell'inconsueto esprimendo il desiderio di poter sedere di fronte al proprio interlocutore a una distanza pari alla lunghezza delle loro braccia distese sul tavolo.

(Jacques-Henri Lartigue)

«Se dovesse capitare la sventura di non essere più in grado di reggere uno sguardo indebito, appresso sarebbe oltremodo conveniente poggiare gli occhi sulle punte delle dita»

«I signori devono pranzare?» domandò il servitore elegante, mettendo bene in mostra il trattino bianco appeso all'avambraccio sinistro.

«Hai già mangiato?»

«Non ancora» rispose Dow.

«Ti farò compagnia con una buona lombata, una crema di mele, e vino e canederli di ricotta. Dovrò pur guadagnarmelo il tuo caffè!»

«Una Wiener Schnitzel, birra e canederli»

Il bravo cameriere si licenziò. I tavoli disposti parallelamente ai muri del salone erano controllati e ammanniti con un cammino di ronda contrario al senso dello scorrere di questa frase. Per orientarsi e raggiungere la cucina, all'inappuntabile cameriere obbligato in atteggiamenti di maniera e col naso puntato al soffitto bastò seguire con la coda di un occhio il panno sul braccio e con l'altra la parete. Pervaso da un senso di mistero, l'inquieto Gerrit avvertì un tremulo. Un attacco di tosse

(Bill Brandt)

lo tolse dall'imbarazzo. Le pietanze furono servite sopra un carrello cigolante, spinto da un umile servitore sostenuto dalla leggiadria del maître che passo dopo passo lo illuminava dello splendore di un maestoso lampadario riflesso dalla marsina lucida. Fra i vapori delle pietanze si scorgevano le boccacce che la birra e il vino presero a scambiarsi. Drift riuscì ad attendere dignitosamente agli obblighi sociali imposti in un convivio. Al contrario di Dow, il quale non poteva più render conto di niente e a nessuno a causa di un antico assillo: i selciati delle piazze.

«Nel pieno del suo furore ossessivo avrebbe potuto destare forti perplessità sulla legittimità delle accondiscendenze»

Un mattino uggioso, Dow scese in Piazza Santo Stefano con un vecchio cavallo e un aratro. Un cane di chiesa, un randagio attirò l'attenzione di Gerrit affinché questi si accorgesse della dissennatezza di un gesto così risoluto. Completato il pranzo con un buon caffè, le tazzine calde colme della giusta misura di polvere, aroma e fumo non attendevano altro che essere liberate da una lesta bevuta per poter finalmente svolgere la loro

(Alfred Eisenstaedt)

vitale funzione di mettibocche saccenti riguardo ai misteri del futuro atteso. Gerrit tirò fuori della tasca una minuscola anatra di legno e la liberò facendola galleggiare nel caffè; torcendosi nel busto, inarcò la spina dorsale per guardare ancora l'ombra sul muro. L'epiglottide bloccò la via al respiro.

«Preferirei che non morissi adesso!» esclamò Dow.

In quel momento imprevisto, il confine dell'esistenza volle imporre al povero Drift l'immagine insolita di una mente assomigliante alla cucurbita di un alambicco.

«La vita è un susseguirsi di fenomeni dovuti alla conoscenza. La morte, al contrario, è una supposizione, un'ipotesi fatta sulla base di segnali soltanto immaginabili. Non dà indizio di sé a chi ha la certezza di esistere!»

Con le loro astrazioni sull'attendibilità di una vita che accetti l'idea della morte, Gerrit e Dow minacciarono di offuscare il bagliore di un lampo. Il maestoso lampadario dissolse dubbi e ombre smorzando i toni alla marsina splendente del servitore che si apprestava ad annunciare l'esibizione di un quartetto d'archi. Il violino si riprese la nota impartita un'ora prima per disciplinare i suoni e rientrò esausto nel proprio astuccio assieme al

(André Kertész)

pubblico applauditore ripresentatosi puntualissimo in sala. Il quartetto d'archi, soddisfatto d'essere stato tanto apprezzato dai soci intenditori del Circolo, si congedò dopo aver lasciato uno sguardo pieno di disprezzo addosso ai profili di chi non aveva mai smesso di farfugliare durante il concerto.

«Si smarrì la voce di una viola»

Infastidito dall'assillante risonanza, Gerrit seguì il tappeto rosso che gli avrebbe consentito, in modo assai discreto, di defilarsi tra gli avventori. Inclinò il capo per indossare il cappello e tirò dritto davanti a sé.

«Vieni fuori!» gridò dalla via.

«La mia buona notte, signori» riverì l'elegante servitore chiudendo la porta alle spalle di Dow in fuga.

Dall'altra parte della strada, immobili sotto il cartello della fermata del tram, c'erano i quattro concertisti appoggiati alle custodie degli strumenti a disquisire sulle loro capacità interpretative. Gerrit strabuzzò gli occhi per rimarcare la propria estraneità.

«L'attesa altera lo stato di coscienza»

Coperti i colletti col farfallino, il quartetto si aggrappò con le maniche nere agli astucci e tornò dentro il salone

(Alessandra D'Antonio)

per esibirsi a mezzanotte. Il violino intonò la nota, la voce smarrita ritrovò la via. Seduto sopra la balaustra della Colonna della Peste, Gerrit Drift scorreva con lo sguardo lungo le finestre volte sul Graben senza riuscire ad arginare i colori che scolavano giù dalle facciate dei palazzi tra le grida della gente appesa ai balconi. Stringendosi con disperazione le guance tra le mani, s'incamminò di nuovo verso il Circolo cittadino cercando di riassumere sé stesso prima di schiudere le palpebre. Sotto la tabella dormivano i musicanti sfiniti dalla prova notturna. L'elegante servitore in frac spense le luci nella sala. Nella vecchia plafonnier rimase imprigionata una farfalla notturna, privata della vita ancor prima che perdesse l'ombra. Gerrit trascorse la notte sprofondato nella poltrona, accanto al fuoco del camino che gli illuminava le gambe stese sulla panca. Una falda di cenere si sollevò in aria. Il quartetto d'archi attese il passaggio del primo tram della mattina per lasciarsi pettinare, dall'aria smossa, i capelli arruffati. Reso dignitoso il proprio aspetto, saltellando sulle rotaie, si avvicinò all'ingresso del Circolo.

«È la vostra ginnastica quotidiana?» chiese Gerrit sulla

(Alessandra D'Antonio)

(Alessandra D'Antonio)

soglia, allargando le braccia.

«Questo è il nostro unico svago, signore!»

«Per la festa suonerete il valzer!»

«Come sempre...»

I concertisti ostentarono sul palco un'improbabile pantomima. Un grido sopraggiunse a sconvolgere l'azione.

«La vecchia è sul trapezio!»

«Il Dio del mal di denti l'ha esaudita!» esclamarono tutti in coro, precipitandosi verso l'uscita.

Giunti in Piazza Santo Stefano, il servitore in frac stappò una bottiglia mettendosi in mostra insieme con gli altri in un allegro girotondo.

«Quel giorno in chiesa, mentre l'assemblea teneva il capo chino, la vecchia Ludmila riuscì con un balzo a Brassaï raggiungere il trapezio che la sua mente vagheggiava sospeso sul tetto araldico»

Un fascio di luce attraversò la navata spazzando via momenti e stupori. Ai piedi dell'Altar Maggiore, una creatura alata sbatteva inutilmente le ali imbrogliate nella tela di un ragno. Mani sul cappello e via di corsa col fiato corto a cercare riparo nel portone del Circolo cittadino. Un celebre illusionista fece il suo ingresso

(Josef Sudek)

25

Brassaï (Gyula Halász)

nella sala ovale tra gli sguardi colmi di un'ansia insopprimibile. Il quartetto intonò una melodia popolare caratterizzando il ritmo della musica con movimenti farseschi del corpo.

«Ludmila l'ha colta per voi!» sussurrò il prestigiatore facendo apparire fra le sue dita un foglio di carta e una margherita.

«Il Giusto mi ha tolto il senno: finalmente un'illusione...»

Un'anatra nel caffè e le braccia tese per leggere uno sguardo, reggere un messaggio. La voce di una viola ristabilì gli equilibri.

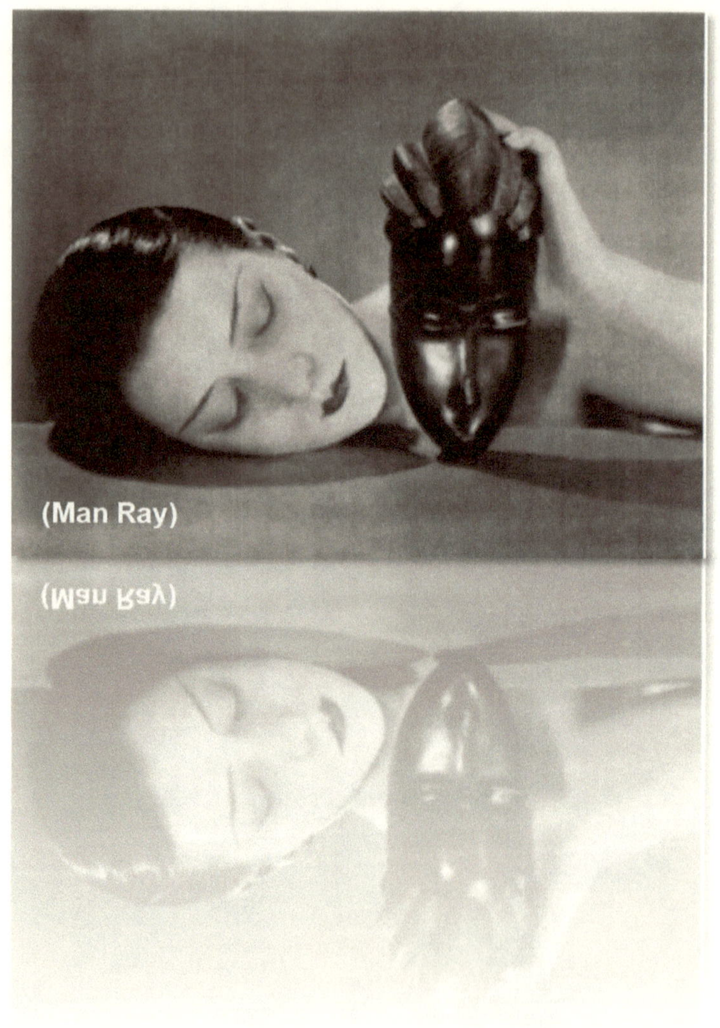

(Man Ray)

Il grave ufficio

Uno sbuffo d'aria compressa annuncia il passaggio di un autobus. Le prime voci del mattino si condensano sulle vetrine appannate dei caffè. È la sveglia! Ferzhelschultz scese per tre volte consecutive dal letto. Le gambe, mosse come una gru portuale, infilarono le pantofole per scivolare via verso il bagno. Per il disbrigo delle pratiche concernenti il tributo diretto dovuto all'igiene personale impiegò tanto di quel tempo che una parte del suo cervello si vide costretta a dichiarare ancora una volta lo stato di calamità psichica. Un presentimento lo indusse ad allacciarsi le stringhe tra gli affanni di un dubbio. Quale piede muovere per primo? Colto da un palpito insostenibile, alterò la messa a fuoco creando disordine nelle immagini prima ancora di chiudersi l'uscio di casa alle spalle. È la manipolazione del materiale ottico, per un giusto equilibrio emotivo, a favorire la dissoluzione di un incubo! Col giornale piegato sotto il braccio a fare da timone, Ferzhelschultz affrontò la porta girevole di un bar. Dal punto

BAR
(Grete Stern)

di vista patologico, sistemare le banconote nel portafogli è un'operazione molto semplice. Una sciocca imprudenza se si trema come una foglia dinanzi al cassiere! Latte e brioche avrebbero riempito il suo stomaco e quello dell'amico.

«Non mi toccare la pancia!» disse Ingeheine stirando le palme delle mani.

«Stamani è stata più dura del solito» tagliò corto, Ferzhelschultz.

«Non t'illudere, il saltimbanco non mollerà! La costanza dei suoi interventi lo rende invincibile» rispose Ingeheine coprendosi la bocca con la tazzina fumante.

«Fai presto, in ufficio ci aspettano!»

Un uomo si avvicinò allo sportello incuriosito dalla precisa scelta della posizione assunta dall'impiegato affinché le proporzioni delle cose creassero armonia in un perfetto accordo geometrico sullo sfondo di un rettangolo di vetro. Assai meno raffinata risultò la categorizzazione percettiva in atto nella mente di Ferzhelschultz, quando questi prese a scuotersi dalle mani quella polvere che i polpastrelli mai avrebbero potuto avvertire. Il saltimbanco se la rideva di cuore a tal punto che ebbe

(Grete Stern)

la sfrontatezza di fingere di educarsi alle discipline severissime di singolari esercizi ginnici sferrando calci contro le pareti interne delle tempie.

«La sofferenza disorienta»

Un invito al bar e una battuta di spirito già privata dell'effetto comico dalle deficienze di un neurotrasmettitore allentarono la tensione.

«Nell'efficacia di un'inconsueta utilizzazione degli alimenti, gli impiegati consumano con lentezza la prima colazione. L'accortezza nella scelta, le lunghe disquisizioni sulla variabilità degli aromi, gli assunti sulle saccarine li preserveranno a lungo dalle aggressioni di temibili succhi gastrointestinali»

Un usciere non perdeva mai l'occasione di richiamare alla mente a voce alta l'immensa e grande fortuna di lavorare nell'amministrazione pubblica.

«Gli indici delle mani, tenuti in alto come tanti uccellini nell'attesa di essere sfamati, reclamarono giustizia!»

Lavorare con gli avambracci tesi come canne da pesca sulla tastiera di un computer, con gli occhi che vanno e vengono dal video allo schermo profondo dei propri pensieri, può esser causa d'inimmaginabili afflizioni. I

(Grete Stern)

malati d'artrosi, i preveggenti meteoropatici, quelli con
lo stomaco sottosopra assieme ai lunatici antimeridiani
preoccupati per gli ultimi destini dell'umanità si uni-
rono nella protesta. Costretto da un'improvvisa indi-
sposizione cerebrale a bizzarre indagini psicologiche,
Ferzhelschultz si ritirò nella sua stanza ad allineare le
penne rosse a quelle nere, senza trascurare di applicare
le regole della perpendicolarità a tutti gli oggetti sul tavolo. Il saltimbanco era così divertito dall'aver eluso la
vigilanza dell'intelletto che volle esibirsi nell'ultima
acrobazia prima di essere deglutito.

Un fremito inquietante insospettì il funzionario di sala.
Ci volle molta pazienza per convincere Ferzhelschultz
a separarsi dall'attaccapanni.

(Edouard Boubat)

Il farmaco del dottor Morgenhufen

La pioggia scrosciò all'improvviso dal cielo di Golskva. Gli ombrelli presero a suonare come tamburi lungo la via che avrebbe condotto il signor Nostitz al rinomato ambulatorio del dottor Morgenhufen, alla ricerca di un operatore mistico. Una costruzione, dalle apparenze preoccupanti, covava nei propri sotterranei un labirinto di stanze e corridoi affollati dal viavai d'assistenti operosi, irreprensibili manumittenti sempre pronti ad affrancare dalla malattia, tutti i clienti dello studio medico.

«La mia medicina è pronta!» gridò un vecchio mentre gli infermieri s'azzuffavano per potergli palpare il ventre gonfio.

Accolto e impressionato dalle urla, Nostitz avvertì il bisogno di stringersi presto nello sterno trascurando di badar bene all'equilibrio del parapioggia che oscillava nella sua mano con l'impugnatura sopra il polpastrello dell'indice sinistro. Uno schizzo di fango finì sulla lastra radiologica tenuta in aria da un medico contro una lampada fluorescente.

(Alexander Rodchenko)

«In un luogo dove il tempo scorre assai misurato dalle apprensioni d'avventori in preda all'insopprimibile desiderio di contarsi le dita col pollice, il rumore sordo di un ombrello che cade può sconvolgere il ritmo di lavoro»

Suonò l'allarme! Il capo elettricista disattivò immediatamente l'impianto autonomo d'illuminazione per poi affidarsi all'energia dell'Azienda di Stato. L'economo si affrettò ad agitare in aria le pagine di un voluminoso registro per reclamare l'attenzione sui costi aggiuntivi.

«L'elaboratore della ragioneria avrebbe presto evidenziato un'anomalia nel calcolo dei consumi»

Come arbitri accorsi per un imperdonabile fallo, gli addetti al servizio mostrarono i loro tesserini di riconoscimento nel tentativo di tranquillizzare, in virtù dell'autorità indiscutibile di cui erano stati dotati, tutte quelle anime smarrite da un tremito inatteso rimaste immobili accanto al parapioggia. Senza il rassicurante odore di medicinale appiccicato addosso, apparve il dottor Morgenhufen. Questi si accostò a Nostitz e, porgendogli una scatola, gli sussurrò qualcosa all'orecchio.

«Tutti trattennero il fiato»

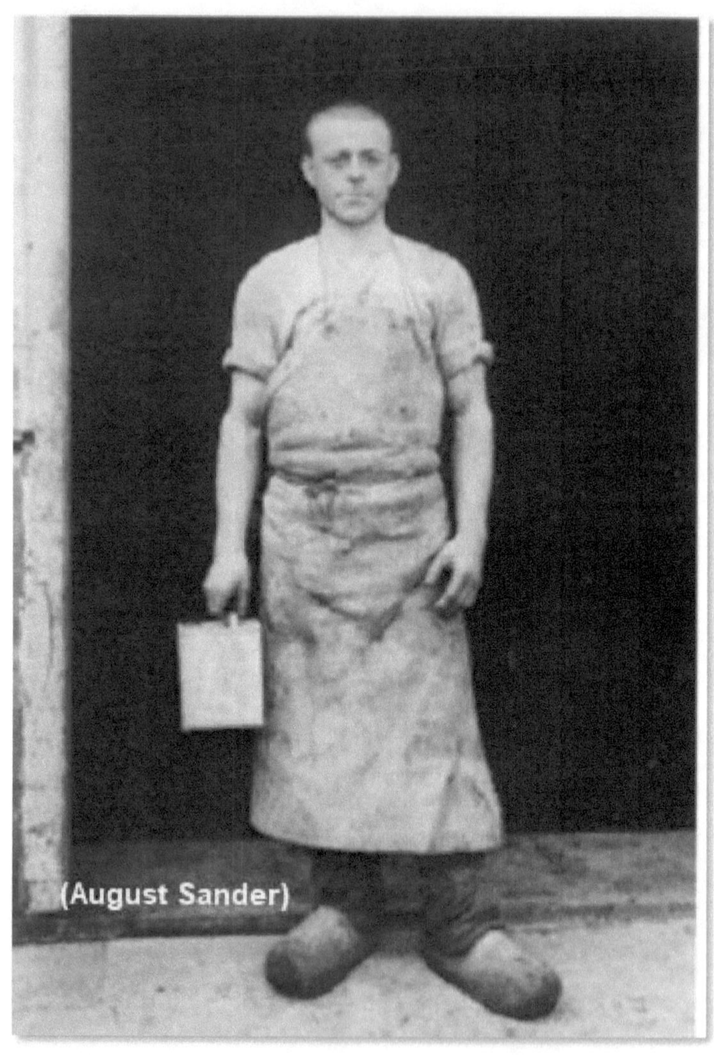
(August Sander)

Strane e inquietanti figure si aggiravano nel seminterrato. Una coppia male assortita s'intratteneva con interesse dinanzi alla vetrina di uno studiolo per consultare gli orari delle visite. La donna prestava molta attenzione alle lettere situate sulla sinistra della tabella, affinché potesse veder meglio il volto dello sconosciuto che l'accompagnava sottobraccio. Un cane da guardia si liberò con uno strattone dal laccio del severo istruttore che lo rincorreva impartendo ad alta voce ordini imperativi in una lingua incomprensibile. Le cabine degli elevatori rimasero bloccate nei loro vani di corsa, fra il pianterreno e lo scantinato, come due bocconi andati giù di traverso. L'amministratore dello stabile non prevedeva l'erogazione d'energia elettrica statale a un impianto di sollevamento ignorato nei capitoli del bilancio condominiale.

«L'argano avrebbe fatto meglio a identificarsi nella propria naturale funzione d'ingranaggio del macchinario semplificatore per saliscendi, piuttosto che insistere nel rivendicare un'improbabile appartenenza a un apparato digerente!»

L'uscio serrato aveva favorito la cattura dell'animale. La

vigile bestiola volle però, prima di allontanarsi al fianco dell'inflessibile conduttore, lasciare un piccolo e inequivocabile segno del suo passaggio sollevando la zampa sul vaso di una pianta ornamentale. Sulle punte delle scarpe, Nostitz scivolò verso l'imbocco di una scala secondaria.

«Purtroppo, per avere la sensazione di salire un gradino bisognava prima scenderne un altro!»

Ad un inserviente chiese, balbettando, quanto tempo ancora sarebbe stato trattenuto.

«Presto andrà via!»

«Voglio parlare col medico...» urlò Nostitz, battendosi i pugni sulle tempie.

«Lei confonde questo posto con un ospedale! Stiamo lavorando per conto degli uffici comunali del distretto di Golskva»

Nostitz corse incontro al dottor Morgenhufen a braccia aperte e, prima ancora che questi ne scegliesse una, già quelle gliele aveva buttate tutt'e due sulle spalle.

«Che cosa succede? Perché le porte sono chiuse?!»

«Si tranquillizzi, chiariremo ogni cosa» rispose il dottore stringendo forte i denti.

(Bill Brandt)

Le braccia si staccarono dalla giacca finendo con le palme delle mani sulle ginocchia. Nella sala d'attesa, abili manipolatori tenevano gli ombrelli in bilico sulle dita.

«Centrare la cicca di una sigaretta con una goccia di pioggia è un passatempo molto diffuso nelle anticamere»

Nostitz si afflosciò sulla sedia, disperse lo sguardo e incrociò le caviglie. Dal pacchetto avuto dal medico estrasse una pastiglia grande quanto il bottone di un cappotto.

«Un po' d'acqua!» e si portò all'altezza del naso il puntale colante del parapioggia.

I personaggi di questa storia si alzarono in piedi mettendo da parte il gioco degli equilibri. Gli occhi si arresero alle meraviglie, agli azzardi acrobatici di un intrepido e originale funambolo. Subito dopo che Nostitz ebbe deglutito il farmaco, e deluso chi lo aveva atteso, fu riattivato il gruppo elettrogeno.

«La cura è finita!» dichiarò con soddisfazione, il dottor Morgenhufen.

L'uno dopo l'altro, i manumittenti scesero il gradino

che poco prima avrebbe potuto illudere chiunque avesse tentato di uscire dal palazzo. Sparirono tutti nell'antro di un cunicolo, con l'ombrello e il corpo senza vita di Nostitz.

Il reggitore di libri

Nella vecchia libreria, lo scrittoio si sarebbe mostrato nell'infinita perdita della linea estrema se non vi fosse stato il provvido reggitore a farsi uso di più, come ultimo limite. Ben paghi d'esser custoditi da Tabulo, probo reggitore di libri, sono i lettori con lo sterno a far sì che rimbalzi lo spunzone del mento. Nei vicoli cupi e magici di Staré Mèsto, incantatrici e fattucchiere col ventaglio aperto sul naso strizzano l'occhio agli avventori delle birrerie. La tigre rimpiattata sul timpano del portone allenta il passo di tutti quelli che sulle arie di un organetto di barberia hanno percorso i ciottoli della stretta Husova, lasciandosi alle spalle la Betlémské Námésti. Tabuldo sedeva alla sinistra della mescita per avere a portata di mano un cassettone di legno sul quale poggiare la sporta. La birreria U zlatého tygra era sempre stipata di mangiatori e bevitori.

«Pivo?» domandò l'oste.

«Prosím» rispose confuso, Tabuldo.

L'oste chiese ancora una volta; Tabuldo gli mostrò il ritratto sfocato di un gabbiano.

Staré Mèsto (Praha)

«Quando rimugini passeggiando sulla Karlova, inconsciamente scegli cosa mettere a fuoco: il pensiero o l'immagine che hai davanti agli occhi»
«Bella foto! L'hai scattata con la tua nuova macchina?» chiese Basco, annusando la gelatina secca della stampa.
«Guarda qui. Volevo un primo piano, allorché la mia mente già si stava occupando della messa a fuoco dello sfondo»
«È come se avessi fotografato un pensiero!»
L'oste appose una stanghetta sul segna birra, appresso domandò all'amico se nella scodella d'arrosto ci volesse pure le patate. Ogni segno annotava un segmento di tempo, un boccale grosso di birra chiara. Gli sedette accanto un operaio già occupato nell'ordinare il pasto e a frugare nella borsa a tracolla. Tabuldo sorrise all'uomo in tuta da lavoro, aggiungendo che gli sarebbe stato assai grato se si fosse allontanato dal suo tavolo poiché non riusciva più a sopportare quell'odore di gatto marcio che aveva addosso. Pur di non rinunciare al sigaro appena acceso, l'operaio si tormentò le palpebre degli occhi per balzare in piedi e colpire la collottola

(Edouard Boubat)

di Tabuldo, il quale stava portando a termine un disegno di una casetta col comignolo fumante, sul retro di un sottobicchiere.

«Che cosa hai detto, boccuccia delicata?!» disse mimando con le dita della mano tese in avanti mentre si scontravano le une con le altre lontano dal palmo.

«Ho detto che lei ha un odore particolarmente insopportabile!»

L'operaio spazzò via dal tavolo bicchieri, piatti e una penna che non riusciva a rifinire i tratti di una porta.

«Mi ha reso un gran favore portandomi via la penna...»

«...da bere al signore, offro io!» urlò Tabulo sbattendo il braccio contro l'architrave in segno di saluto.

Le bollicine della schiuma schiarirono le lettere di una frase dimenticata sul tavolo.

«Il sentire è una piacevole disposizione dello spirito» L'operaio Holz andò fuori sulla strada a ingollare birra vedendo riassumersi nel boccale la Mariánské Náméstí. Nella parte opposta alla piazza finita nel suo bicchiere c'era la Betlémské Náméstí e la libreria del reggitore di libri, al quale bisognava restituire la penna. Holz frugò attraverso i vetri scuri sgranando gli occhi sull'antico

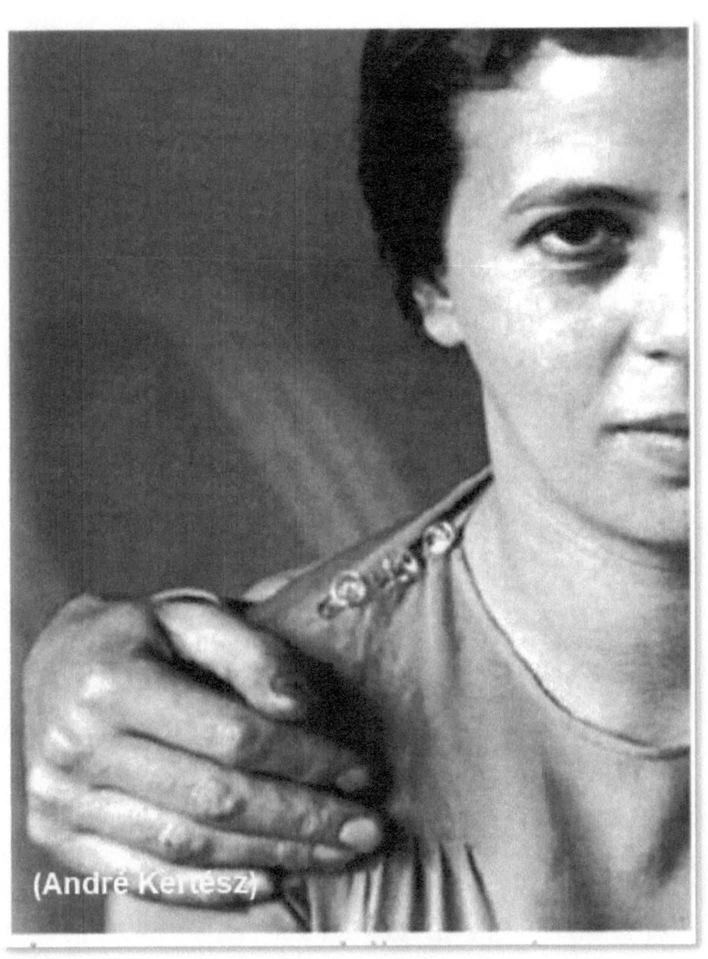
(André Kertész)

scrittoio. Le luci si spandevano dalle campanule di vetro avvitate sugli stipiti di legno.

«Ho da restituire presto una penna!»

L'operaio si scostò dalla porta, le campanule fecero buio in un lampo.

«Maupassant ha richiamato Restif de la Bretonne» strillò un lettore.

«Le notti di Parigi!» esclamò Tabuldo.

«Reggitore, reggitore!»

Uno strillo ancora.

«Le notti di Parigi!»

La scopa di Okar

Di quale altra miseria potrebbe esser vittima una persona che non ha sonno ed è stanca di stare sveglia? Quante probabilità avrebbe di trovare una posizione d'equilibrio? E se anche fosse possibile raggiungere uno stato di calma, quante energie andrebbero sprecate pur di ottenere la sospensione? Un giorno, durante un misterioso intervallo, il netturbino Okar fu investito da un'automobile pirata. Il viandante potrà rinfrescarsi sotto i rami dell'albero piantato nel punto in cui avvenne l'incidente. Se presterà attenzione anche alla targa affissa sul muro, saprà quale tragico destino il fato volle imporre alla ramazza del netturbino del quartiere. La povera scopa finì dimenticata nel buio di uno sgabuzzino dopo che un paraurti di una macchina scura, apparsa all'improvviso con la falce stretta fra i tergicristalli, l'ebbe spezzata in due. Okar non sarebbe mai sopravvissuto alle disposizioni dell'economo dell'ufficio concernenti l'acquisto di una nuova granata comunale, quindi pensò bene di abbandonare la città imbarcandosi come mozzo sulla prima nave pronta a salpare. Per

(Henry Talbot)

(Henry Fox Talbot)

mesi e mesi navigò. Durante il viaggio s'invaghì perdutamente della spazzola del barbiere di bordo. Appena sentiva quelle morbide setole accarezzargli il collo, rabbrividiva tutto quanto toccandosi le spalle con la testa e lo stomaco con lo sterno. Il ricordo della sua vecchia scopa era sempre lì, fisso nella mente. La tristezza gli impediva di mangiare. La mattina di buon'ora, il netturbino del quartiere tornò al suo lavoro dopo aver trascorso a letto tanto di quel tempo per curarsi le ferite. L'economo pretese una solenne promessa dal suo dipendente. Voleva essere sicuro che Okar non si sarebbe mai più distratto durante la pulizia delle strade.

«La prudenza innanzi tutto!» dichiarò il netturbino con l'ausilio del pollice e dell'indice chiusi in un cerchio. Sapeva bene che non avrebbe mai potuto mantenere la parola data. Poco gli importava. Le coste della Giamaica erano ormai visibili a occhio nudo.

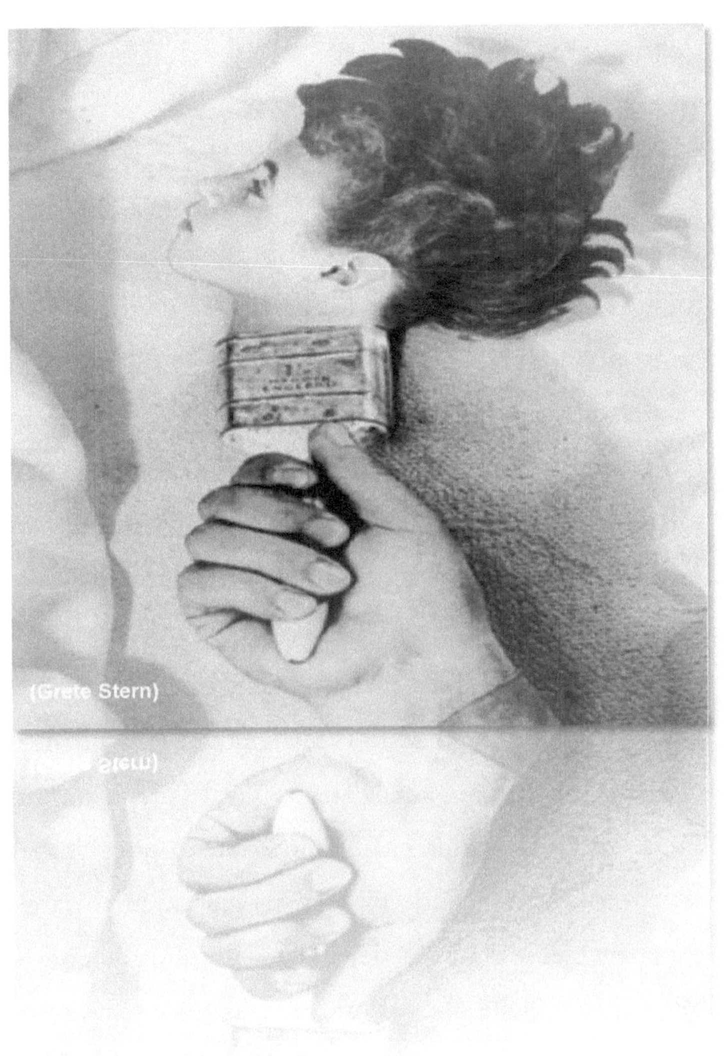

(Grete Stern)

Il mastro solutore

Nella stanza si sono riuniti in consiglio i massimi dirigenti dell'azienda. Considerate tutte le competenze, la commissione ha tenuto conto di redigere un documento che presto cambierà la mia vita. La ditta non perdona, non assolve, non condanna: tenterà di trovare la giusta soluzione. Il mastro solutore si è messo in viaggio subito dopo aver ricevuto l'incarico per una nuova missione di pianificazione aziendale… e un biglietto di prima classe. Assai lunghi saranno i momenti di riflessione che lo persuaderanno ad assumere misure di previdenza sulle vicende di un impiegato provvisorio. Vedo le scarpe bagnate del mio giudice. Tra un momento si mostreranno sulla soglia. Tutti s'inchineranno a guardarle strozzando parole trattenute da bocche spalancate. Vorrei appendermi alla sua giacca, implorargli il perdono. Lo sguardo del mastro solutore allerta le mie capacità nelle opere di convincimento: mai discutere la giusta soluzione. Ancora oggi, la coinvolgente cerimonia dell'accoglienza distrae i miei pensieri, mentre un treno mi conduce inesorabilmente accapo percorrendo la stessa via come il carrello di una macchina per scrivere.

(August Sander)

Il cono di luce

La disposizione naturale inesprimibile con parole, giacché superiore a ogni capacità di comprensione umana, di due strane persone protagoniste di una storia assurda, rivelerà attraverso una percettibile sensazione, nella singolare rappresentazione scenica di questo piccolo dramma, il carattere d'appartenenza e la certezza di esistere in qualcosa che ognuno avverte nel proprio alito e quotidianamente respinge come una palla di gomma attendendone il rimbalzo. Questa è la storia di due indivisibili sconosciuti, nei confronti dei quali, un narratore in balìa di un'artificiosa ricerca dell'effetto, così si sarebbe espresso...

«Un enigma della soggettività!»

I due mai visti viaggiavano senza limiti di tempo in posti diversi. Gli affanni voluti dal destino per un'esistenza da sottrarre a forme d'insolubili rappresentazioni mentali, li disunivano ogni volta che prendevano un treno. Appena dopo il locomotore, il primo saliva sulla carrozza di testa, nello scomparto di coda, l'altro. All'improvviso, con una corsa incredibile, annullando e

(André Kertész)

superando la velocità del treno si precipitava in fondo al convoglio per descrivere e poi raccontare un paesaggio, il fiume, la chiesetta fra i monti. Tutti e due, stretti in un abbraccio, attendevano scorrere le immagini del racconto, fusi in un cono di luce col vertice fisso sul punto dove ruota il muoversi all'orizzonte. Inseguire la propria fine, stare addosso alla luce annullando presente e futuro. Senza tempo, senza significato, confusi e imprigionati nella curva del tramonto. Un giorno in stazione, perse il treno. L'altro raggiunse velocemente il terrazzino in fondo al vagone avvertendo la realtà attraverso il seme di picche disegnato da due pollici e due indici. La retorica aggiunge senza imbarazzo un'altra immagine.

«Il vento aveva iniziato la sua corsa!»

Lo vide immobile sulla banchina. Piuttosto che disperarsi assunse un'espressione allarmante. Il treno si allontanava lasciandosi dietro una coda d'aria e un'immagine che rimpiccioliva.

«!» esclamò con tono vibrato dalla banchina.

La sua velocissima corsa lo balenò alla prossima fermata del treno. Sul ciglio del binario attese immobile.

Brassaï (Gyula Halász)

(Oscar Gustave Rejlander)

Sicuro come un compasso si buttò negli occhi il locomotore sbucato fuori da una galleria.

«I freni gridarono, la luce dei fari respinse la notte!»

Ancora una volta l'artificio del narratore ha preteso la
sua parte.

«?!» si sgolava spingendosi tra la folla.

Con la furia dei gomiti conquistò piccoli spazi per raggiungere l'ultima carrozza. Sprovvisto di senno, dopo
aver inseguito le braccia cercò con gli occhi il terrazzino. Attraverso un intrico di sguardi annacquati e ran-
dagi raccolse un infante dal vaso immaginario poggiato
in bilico sulla spalletta della ringhiera nell'ultima pro-
spettiva descritta dal treno da due spiriti folletti, i quali
saltellando in un girotondo vagolarono sopra i tetti
delle carrozze, rincorrendo le scintillanti cicale azzurre
della via elettrica per poi tuffarsi, prima delle gallerie,
nello scuro verde del bosco coinvolgendo ciangottando
nella girandola della loro giostra i dondoli delle lumache
e i campanellini dei propri berretti dispettosamente am-
manierati per destare alla vista di quel raro carosello gli
occhi sereni dei barbuti custodi dei tesori della Terra.

(Grete Stern)

Opere di carpenteria

L'équipe di carpentieri era riunita. Prima di partire si attese che tutti finissero di trangugiare un corroborante liquore al bar. Con la pancia appesa al corpo, i capelli ritti come spilli, un mozzicone di sigaretta appeso fra le labbra e gli occhi appannati da una ubriacatura presa la sera prima, il barman alzò il bicchiere per salutare l'ingresso del capomastro. Scaldato il motore, gli operai salirono sull'autocarro.

«Capo, dov'è che si va?»

Due sfere azzurre puntate in avanti schizzarono dalle orbite a indicare la via. Il camion arrancava su per la salita agitando la sua lunga coda simile a quella di un gigantesco topo. Sulla sponda di un laghetto ritrasse le zampe e tirò fuori gli arti palmati fra gli incitamenti chiassosi dell'intera compagnia. A quelli che possedevano una buona vista era già possibile scorgere il luogo dove avrebbero dato principio all'opera di carpenteria. Toccata la riva, l'autocarro si adagiò sull'arenile per avvantaggiare la discesa a terra.

«Silenzio assoluto, s'incomincia!»

Bill Brandt)

(Edouard Boubat)

Un bagliore fece sì che più d'uno rimanesse a bocca aperta durante le operazioni di smantellamento di un'enorme cupola fatta di sospiri, emozioni, colori e profumi sospesa nella mente di un uomo addormentato e in balìa delle proprie fantasie. Le emozioni erano poco malleabili; alla fine scivolarono via disperdendosi nei colori, spinte dai sospiri, al ritmo dei battiti del cuore. Un soffio leggero dissolse i profumi.

«In carrozza» gridarono agitando le braccia in aria.

Bevendo e cantando, i carpentieri si tuffarono in acqua facendo spazientire il camion, il quale ogni volta doveva trattenere la sua corsa per accorrere in aiuto di un nuotatore sbronzo. Al rientro, il capomastro li congedò.

«Alla prossima operazione!»

«Conti pure su di noi!»

Al risveglio, un uomo non serbava memoria dei propri sogni.

(Bill Brandt)

La signora di Pankow

Il centro della città di Berlino impediva al quartiere di Pankow di scivolare via come la chiara di un uovo. Gli squarci nella cintura di cemento della grande metropoli avevano concesso agli occhi di un mago di sbirciare negli affari privati di una giovane donna.

«Com'è bella la regina di Pankow!» esclamò il mago Hèrbart dal cortile.

«Lei ha sempre voglia di scherzare» rispose dall'altra parte del muro la signora.

«Non scherzo affatto. Mi si tolga l'anima se quel che ho detto non l'ho prima pensato!»

«...buona giornata» sospirò la donna mentre stendeva i panni al vento.

Il mago Hèrbart tirò fuori un piumino e incominciò a spolverare l'albero del suo giardino. La signora sferrò con violenza un colpo di lama sul tavolo di legno, smarrendo sé stessa.

(Grete Stern)

Il dimostratore pubblico

La scatola era posta in equilibrio sopra il tavolo. Era lì, pronta per essere messa in valigia come cosa ultima prima di tirare la lampo. Il viaggio era indispensabile. La Freccia del Nord strizzò i fari a una locomotiva lì di fronte; i due convogli si fecero le fusa sbuffando vapore dai freni come tori pronti alla carica. Tra uno sbuffo e un altro ancora comparve all'improvviso l'ombra prima, la figura intera poi, del dimostratore pubblico. Lo speaking allentava il pullulare nell'affollatissima stazione. Una mitraglia di sorde ferraglie, fischi e palette luminose determinarono assestamenti, posture affettate e sbirciate alle strutture delle carrozze. Il treno si mosse. L'uscita dalle gallerie non incuriosì nessuno. Un signore spostava l'aria sfogliando un giornale, dopo essersi tirato su, i pantaloni e sgranchito le gambe.

«Come ci si sente unici nei vagoni dei treni!»

Lasciare la città per raggiungere luoghi sconosciuti ci confonde le identità. Soli, fra gli occupanti dello scompartimento, ci stringiamo alla nostra immagine avvolgendoci di mistero per chissà come apparire. Grandi

(August Sander)

uomini d'affari chiamati d'urgenza a risolvere incredibili situazioni finanziarie. Preoccupate eminenti intelligenze distratte dal proprio genio. Poi abbozzi un sorriso e accavalli le gambe aggrappandoti al ginocchio con le mani intrecciate a contemplare l'infinito dal finestrino.

«È la seconda classe!»

Il perimetro del tuo mento lo misuri con le dita divaricate quando finalmente ti accorgi che stai fissando lo sguardo sui riflessi dei vetri oscurati nella notte. Dal portaoggetti ti cade sulle ginocchia una rivista.

«Se spegnessimo le luci...»

Il severissimo dimostratore pubblico Martel inforcò l'occhiale da sole, buttò la testa all'indietro facendola rimbalzare due volte sul cuscino di cuoio, incrociò le braccia gonfiando il petto e si addormentò. Un tacito accordo tra i viaggiatori dispose la lettura e commento dei fatti di cronaca riportati su un giornale che fino a poco tempo prima era stato utilizzato come coprisedile per permettere di stendere le gambe a un signore stanco. La tensione si allentò nel tempo in cui irruppe il controllore. L'uomo in uniforme, fingendo stupore nel vedere un uomo con gli occhiali scuri in piena notte, abbozzò un sorriso e, guardando ancora una volta negli occhi Martel, passò le dita della mano destra nel ciuffo, che gli faceva capolino tra la visiera e la fronte, e ne corresse la piega. Spense la luce. L'autorità ferroviaria aveva deciso che in quell'ora bisognava dormire! Martel fece pendere la lingua fra le labbra, smise gli occhiali, li portò al grembo custodendoli gelosamente, cosciente di avere nelle mani un forte deterrente nei confronti dell'ostilità dei suoi compagni di viaggio. La notte passò velocemente, così velocemente che al risveglio i viaggiatori ancora intontiti dal sonno consumato con disagio attribuirono alla velocità del treno lo scorrere così insolitamente lesto della nottata. Il sipario teso nella sua tela si strappò nell'immaginativa della natura umana in viaggio. Il ritmo lento di un notturno avvolse i nembi uniformi nel cielo. Le prime forme del mattino dissolsero la condensa sul finestrino.

«La scatola?! La scatola!» riecheggiava la mente di Martel.

Soddisfatta la brama del tatto si ritrovò nella toletta a radersi il volto deformato dal continuo sorgere di bozze a dritta e a manca sulle guance mosse dal premere della lingua dall'interno. Il suo ozioso cervello, dopo aver elaborato il messaggio inviatogli dai polpastrelli, ritenne superfluo prestare attenzione ai lampi degli occhi. Così fece con la saggezza propria delle memorie associative per le idee pratiche quando con la mano, nell'assicurarsi dello stato della scatola, sfiorò il borsello contenente il nécessaire per l'igiene personale. La scatola era al proprio posto. Il passe-partout del controllore girò energicamente nella toppa della cabina dei servizi igienici; si era vicini all'ingresso di un'importante stazione e non era più permesso l'uso delle ritirate. Avvertito di questo, Martel sbuffò aria dal naso con tal energia da aspergere bollicine di sapone da barba sulle mostrine luccicanti dell'agente ferroviario. L'incidente si risolse con scuse, sorrisi di circostanza e un sottinteso...

«Ma va' al diavolo»

Certo è che si può essere artisti anche in condizioni disperate. Il tendone del circo Lipos, che chiudeva in sé la ribalta di un funambolo, era teso a tal punto da far rimbalzare i chicchi di grandine durante gli acquazzoni. Ai primi chiarori dell'alba, l'afrore di vesti consunte si

(Eugène Atget)

levava su per gli spalti, sospinto da fumi d'alcol mal digerito. Lo scenario era misero di luci. Una fune pendeva dall'alto del tendone strisciando l'estremità sul terriccio. Bloom si arrampicava su per la corda muovendosi in qua e in là con agilità. All'improvviso mollava la presa filando giù in basso quasi a bruciarsi le palme delle mani. A un metro da terra, iniziava un mulinante girotondo attorno al piglio della platea. Questo il repertorio dell'acrobata Bloom. Il circo Lipos era sovvenzionato dall'amministrazione comunale; non esistevano cartelli pubblicitari né messaggi d'alcun genere. Invero non esistevano né circo né periferia. Tutto era congetturabile, quindi sovvenzionabile. L'equilibrista oscillante col canapo gira in tondo e ti dà alla testa. Ubriaco di quelle immagini esci dalla tenda cercandoti nel cappotto. Sei diventato un filo sulla spalla, un avanzo di sartoria, una scucitura, un'insanabile ferita. Rivoli d'acqua e mozziconi di sigarette, mosche morte e pezzi di pane ingrossati scorrono via nei tombini delle strade sotto le gambe divaricate di Bloom, immobile sulla griglia di una fogna con le braccia conserte strette al petto.

«La ferrovia...» sussurrò con le labbra asciutte occupate a fumare.

Martel scese senza fretta dal treno. Consumò al bar la sua colazione e uscì in piazza alla ricerca di un autobus. Gli ospiti dell'albergo sfilarono via della sala ristorante come un gregge stretto nel collo di un imbuto. Gli addetti in livrea sfilarono per ultimi. A distinguersi nella servitù fu un giovane cameriere che, camminando all'indietro con le braccia aperte e tese, si buttava in faccia le ante dell'usciale in tale maniera da apparire come uomo assai vigoroso alle prese con una stanza da tirarsi dietro. Nel disordine si aprì un varco che permise a Martel di raggiungere la reception. Accolto cordialmente e terminate le pratiche d'obbligo, salì su per le scale, seguito da un portatore al quale non permise di tenere la valigia contenente la preziosa scatola. Una piccola mancia e un sorriso abbozzato congedarono il servitore. Con le guance dilatate sbuffò attorno a sé per prendere possesso della camera. Giù in cortile, un gatto grasso segnava con i propri umori un piccolo territorio. Lo zip del borsone procedeva a fatica su per il sentiero di metallo intrecciato. Alle spalle di Martel, la finestra

(Grete Stern)

spalancata diffondeva un irritante brusio. L'aria frizzante del mattino diede sollievo all'omone obeso, che giù nell'atrio si stava misurando con la porta girevole. Il pancione dell'uomo tondo si ripercosse come le note di un timpano fin su le stanze dell'ultimo piano. Martel chiuse finestra e occhio per sentir meglio. Azzardò poi di raddrizzare le sopracciglia allungando il collo verso la spalla destra. Lo zip aveva percorso buona parte del sentiero di metallo. Il borsone si rilasciava riducendo le dimensioni della scritta pubblicitaria. Con una spinta all'indietro, premendo sui tacchi gommati delle scarpe, Martel si scaraventò sulla poltrona. Il sobbalzo gli fece montare in schiuma densa la saliva in bocca. Da buone dirimpettaie, le labbra tesero una tersa cortina acquea a protezione dell'ugola intenta nel misurarsi con positure plastiche e immagini figurative di parole in quel momento pensate. Bussarono alla porta. Il corpo di Martel riconquistò con uno scatto la dignità propria. Il cameriere insonnolito richiamò su di sé l'attenzione. Un raggio di luce bianca balenò l'ombra del servitore contro il muro ruvido. Usando la premura che si conviene al cospetto di un signore anziano, Martel si avvicinò all'uscio della camera evitando di calpestare un tappeto frusto gettato lì per terra a sottrarre chissà cosa alla vista. Il braccio teso e la mano stretta alla maniglia della porta, il vecchio servitore informò Martel sulle nuove disposizioni di legge delle autorità locali governative. Il naso piegato a uncino, agganciato tra le ultime due dita della mano sinistra aperta a ragnatela contro la guancia paffuta, ben divaricati l'anulare e il medio a servizio dell'occhio mentre il mento calzava il comodo palmo, mezza bocca faticava nell'affermare che il giorno seguente si sarebbero bloccati tutti i calendari e subito, il giorno appresso, tornati indietro rigorosamente di cento anni. Martel ringraziò il servitore, rasserenandolo di essere già stato informato sull'insolito esperimento. Un inchino a stento abbozzato. Senza chiudere le palpebre ritrasse il collo toccandosi le orecchie con le spalle.

«Buona l'idea!» esclamò.

Tutto ciò che è vissuto nuovamente ci garantisce la certezza del futuro. Un sereno scorrere del tempo. Intervenendo con precisione nei meccanismi della memoria, la Storia si ripete! La fabbricazione della prima lampada

(Eugène Atget)

a filamento e il suo impiego per una rapida diffusione dell'illuminazione elettrica consentirà alla città di smontarsi dei lampi fluorescenti per indossare profumi e ciprie di vecchi lampioni. La terra lì sotto si allargava intanto che il nuvolo si ritraeva in alto nel cielo. Le strade e le piazze dilatate dalla trasparente brillantezza dell'aria iniziarono ad accogliere più gente. Richiamato dall'improvviso chiarore, Martel avanzò verso la finestra puntando contro la propria immagine speculare fino a congiungersi con essa. Le mani intrecciate dietro la schiena interpretavano con movenze irrequiete le elaborazioni ottiche del cervello. Sul vapore acqueo del suo soffio tracciò un punto interrogativo insistendo sul puntino tanto da respingersi sullo specchio del lavabo. Un claqueur superiore! Nell'impazienza, Martel fece rotare in senso antiorario la manopola del rubinetto per l'acqua calda staccandone il volantino. Come un monociclo, la rotella prese a rimbalzare rumorosamente sui gradini che dividevano i servizi dalla camera interrompendo gli esercizi acrobatici sotto il letto. La manopola fu rinvenuta tempo dopo durante un accertamento compiuto da una équipe medica accorsa a esaminare il luogo in cui presumibilmente Martel avrebbe smarrito il controllo del complesso dei fenomeni e delle funzioni che gli consentiva di formarsi un'esperienza di sé e del mondo. Probabilmente, non era più in possesso delle facoltà di discernere le varie proporzioni del significato nella sfera delle comunicazioni verbali. Pur riuscendo positivamente nel visualizzare i volumi della forma fisica che lo circondava, si smarriva completamente nell'universo della semantica. L'effetto acustico della manopola caduta sul pavimento aveva incrinato il calice di vetro contenente la spiritualità di Martel. Una fisarmonica soffiava lenta tra le ginocchia larghe di uno spettatore seduto sul margine della pista del circo Lipos. Il mento di Martel si tendeva in alto al ritmo sincopato della melodia. L'immagine abbuiata sulla soglia del teatro fu poco distinta dal pubblico fotofobo. Bloom si preparava per il suo numero. Con un gesto mise a posto l'organetto. Tutte le bocche si aprirono. «Fenus Nautìcum!»* impose alla tribuna il saltimbanco, con la mano tesa e stretta su sé stessa mossa ad angolo retto sullo spigolo destro delle labbra.

*Nel diritto romano la navigazione commerciale fu garantita dal «fenus nauticum» che era un prestito sulle merci da rimborsare in caso di sinistro.

(Henri Cartier-Bresson)

Scosso dall'urlo, Martel si tirò con violenza le orecchie ingrossando gli zigomi per il troppo dolore. Serrate le palpebre, sospese per un istante il respiro. Bloom lo raggiunse su per gli staggi pericolanti per stringerlo tra le braccia. Nello stringimento mutarono sé stessi in una pupa di baco da seta. La crisalide metamorfosata rimosse le proprie fibre liberandosi in volo invasa di fragranze. Seduto sul terriccio, Bloom prese a stropicciarsi le cosce in una movenza oscillatoria intanto che Martel gli muoveva intorno orientandosi con gli occhi chiusi e una mano aperta tesa a respingere fantasmi alati. Gli occhi di Bloom drenarono gli zinzini nel meato delle fosse nasali. Il sacco lacrimale si vuotò lentamente. Martel era a questo punto troppo lontano. Dagli abissi burocratici di un impiegato, riemersero certune lettere provenienti dalla direzione generale. In una di esse si partecipava a una succursale l'imminenza dell'arrivo in città di un dimostratore pubblico investito del compito di recapitare un ricercato misuratore elettronico. La scatola rinvenuta dal direttore dell'albergo nel borsone di Martel fu data in consegna all'Ufficiale incaricato di conservare e mantenere integri tutti i beni materiali e le strutture del pensiero pubblico della città. La nuova disposizione delle autorità governative non consentiva l'impiego di tecnologie ancora di là da venire, la cui tendenza del proprio fenomeno avrebbe dovuto diminuire immediatamente per ricrescere nel tempo in un sincronismo storico comparato al secolo da ripercorrere. La lettera che provava l'esistenza di un dimostratore pubblico, rispondente al nome di Martel, atteso in città fu archiviata e privata d'autorità dacché considerata frutto di una disattenzione di un funzionario della direzione generale. Il pubblico rimase immobile sugli spalti. Gli sguardi arrivarono dritti come i raggi di una ruota al centro della pista. Il mozzo sopportò la spinta al pari di un carro da montagna. Dopo una dura salita, Martel portò due delle sue dita a posarsi sulle palpebre. Incrociò le braccia e uscì fuori sul piazzale sterrato. Un soldo cadde sul terriccio.

«Poveruomo!» esclamò il dottore, chinando il capo e prestando attenzione alle dita di Martel indaffarate nei maestosi lavori per la realizzazione imperfetta del geometrico divergere dei viali dell'Étoile dall'Arco di Trionfo.

(Grete Stern)

Un eterogeneo emostatico stagnava perciò, evitando di segnare di rosso l'avenue Foch, dei rivoli di sangue fuoriusciti dal vallo ungueale per l'impetuoso incedere di una falange distale nel determinato ritrarsi verso il centro di raccolta dei segmenti mobili articolati dell'arto superiore. La mano raccattò la moneta dopo aver ben definito i viali dell'Étoile. Il soldino del dottore si temprava fra le linee della vita nel pugno sinistro di Martel. L'indice mosso a uncino andò a scansare il vicino pollice; schiusa che si fu la piccola tenebra da un asolo di luce, l'Arco di Napoleone s'infilò di spalla nell'occhiello. Un soldo all'oste per un boccale di birra e si ritrovò seduto alla finestra accanto a una stufa a legna. Nell'ampolla d'argilla, la margherita che abbelliva un tavolo di taverna iniziò a sussurrare il nome di Martel. Improvvisamente, lo stelo della margherita trafisse la corolla facendosi largo tra i pistilli. Martel liberò lo spadino dall'ampolla. Un salto e finì sopra il tavolo. Posò le narici sopra l'angolo acuto del gomito, seguì la strada segnata dall'avambraccio strofinando il labbro superiore su tutto quello che incontrava fino a raggiungere la coccia di là del guardamano. Di là di sé stesso.

L'incontro di Holin

La Corte ordinò che il signor Holin Hora venisse al più presto accompagnato all'appuntamento. Subito dopo l'importante decisione, per espresso desiderio dell'Organo Giurisdizionale, si autorizzava il Clown bianco a occuparsi della delicata faccenda. La notizia si sparse come una scolaresca all'uscita di scuola, per ritrovarsi poi nelle chiacchiere degli amici, che andarono a far visita a Holin. I Garanti di Hora approfittarono della riunione improvvisata in casa del loro assistito per visionare tutti i verbali con attenzione. L'incontro sarebbe avvenuto presso un indirizzo tenuto ancora segreto, denominato Josef. Il Clown dal volto infarinato saltò fuori del vaso della cipria a far chiare tutte le ombre e a prendere in affidamento il signor Hora, non prima però d'aver rilasciato la regolare ricevuta. Nel frattempo, Holin aveva notato un Procuratore dell'Organo Giurisdizionale immerso in una nuvola di fumo accanirsi contro il ventaglio di carte colorate che teneva in mano. Dinanzi a siffatta insensibilità all'altrui dramma, che così sfacciatamente si stava manifestando, non poté

94

(Henri Cartier-Bresson)

fare a meno di accordargli un calcio negli stinchi. Il gesto poco gradito, e per nulla compreso, infastidì assai l'Alto Garante, il quale si sentì in dovere di chiarire a tutti i presenti quale corrispondenza reciproca vi fosse fra la malefatta e il castigo assestando uno schiaffo sulla lingua di Holin, nel momento in cui questi si esibiva nel caratteristico risonante esercizio per l'emissione di una pernacchia. Guidato dalla provvidenza, apparve il Clown bianco con i suoi documenti ufficiali.

«Avete avvertito il signor Hora?» chiese volando attorno a un fiammifero acceso.

«Gli abbiamo detto tutto!» rispose, battendo in aria le mani, l'Alto Garante.

«Vieni Holin, tocca a te!»

Holin Hora trovò tutto il suo coraggio nell'aria che gli gonfiava il petto. Dopo aver soffiato sulla pallida guancia del Clown, una fitta e impalpabile polverina scese giù sulla torta di cioccolata a spegner tutte le candeline, dinanzi all'obiettivo di Josef il fotografo.

(Alfred Eisenstaedt)

Ruben Aser

«Gli spiriti mormorano nelle menti ingombre»

Nella gelida Zabulon, nel Neftali Dan, un fatto inconsueto costrinse molta gente a inarcare le labbra.

«Buondì, padre mio» riverì, Ruben Aser.

«Vieni, caro!» salutò allargando le braccia, padre Levi.

«Ho bisogno di certezze, signor curato. Sono venuto a parlarti di un dubbio che mi assilla. Accoglimi nei tuoi pensieri» con le mani strette sul petto, Ruben Aser sorrise fissando un punto nel vuoto, nel timore di non poter reggere lo sguardo accigliato del parroco.

L'insinuante aspetto del religioso fu tutt'altro che austero quando questi, per asciugarsi le labbra, si servì della facciola dell'abito grigio calando le palpebre sugli occhi cisposi.

«È un'incertezza che t'angustia? Pensa a quella notte... quando bucarono il cielo! Parla alla luna, fammi ascoltare...» e con un balzo si sedette sull'altare.

«Per morire basta esser sepolti!» proclamò Ruben. Premendo il polpastrello sul naso del curato, impedì il compiersi di molte nefandezze.

(Grete Stern)

«...non alterarti, padre mio!»

«Mi è indigesto il tuo anfanare...»

Un'energica pedata pose fine all'incontro. Al passo dell'oca, Ruben Aser s'imbatté sulla via in un negozio di casse da morto.

«...adesso entro e chiedo quanto costa un cassone»

«Ehi, padrone!»

«Mi perdoni signore, dormivo»

«Son' di cuore tenero, io! Presto, fammi scegliere uno di questi recipienti»

«La sua bontà mi sconcerta!»

«Che spirito! Quanto costano 'ste quattro tavole di legno?» e col pugno chiuso colpì il cranio del commerciante.

«Solo duemila bigliettoni!» rispose senza trattar negozio con chi stava assumendo un preoccupante atteggiamento.

L'erba tagliata emanava la propria fragranza. Nella penombra, si distinguevano le fiammelle azzurre dei lumi sulle lapidi in un mare di croci conficcate in terra.

«Infilarsi in un buco? ...meglio sottoterra!» così decise Ruben, calandosi in una fossa per poi ricoprirsi di terra

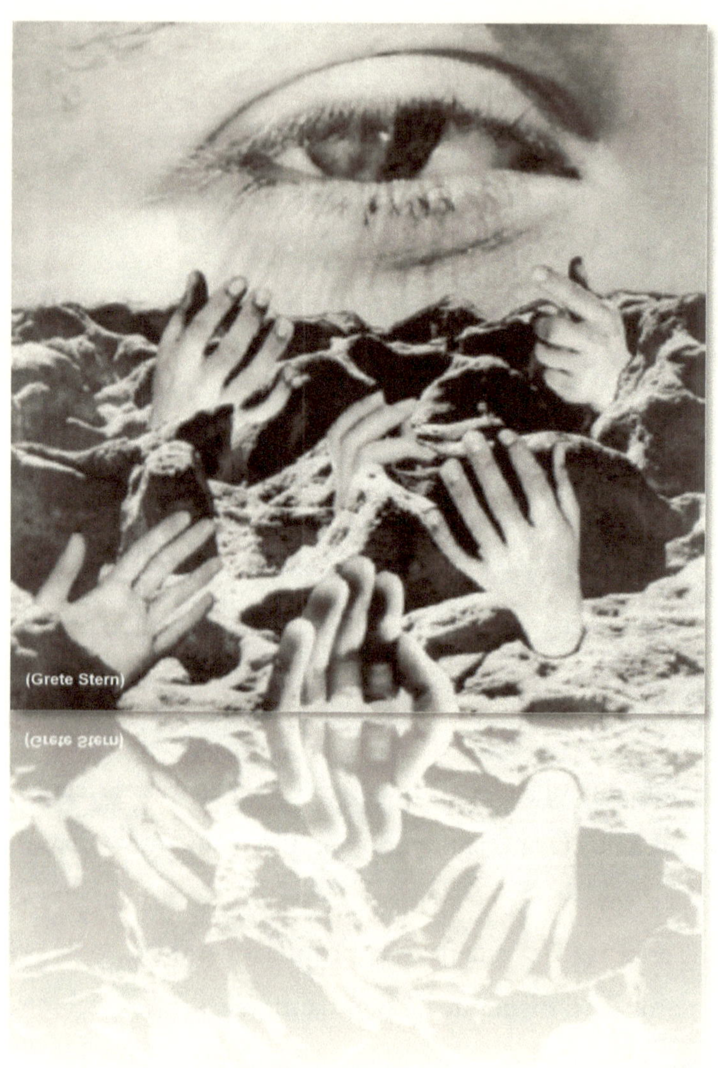
(Grete Stern)

umida.

«Bestia che freddo!» borbottò l'operaio del cimitero buttando fuori a fatica l'aria gelida dai polmoni dinanzi a quell'inconsueta sepoltura.

Distratto da un'immagine impressa nella memoria, impiegò del tempo prima di accorgersi che mancava la croce sulla tomba. Scartò un pacco gettando via l'involucro nel secchio per le immondizie. I colpi di martello si confusero con i lamenti di un gatto lontano. Le fiammelle fluttuavano nel vento. La punta della croce, oscillando a ogni sospiro, si posava sul petto di Ruben Aser. Un uomo volle raccomandare la propria anima agli spiriti pregando in ginocchio dinanzi all'anonimo sepolcro.

«Voglio essere felice per tutto il resto della mia vita. Se pur ho peccato, anima buona che voli nella memoria di noi esseri viventi, fai finta di niente!»

La croce ondeggiò ancora. L'uomo si oppose a sé stesso. Un vecchio si limitò a porgere un fiore appassito nella mano di Ruben.

«...che io sia divorato dalla luce della luna!»

Una donna apparsa nel viale sollevò le braccia in aria

per gridare con più rabbia.

«Cielo plumbeo, smorto, tetro, insopportabile, schiaccia la mia testa e stendila a terra come un'ombra, affinché io possa oppormi alla luce!»

Assestò la croce in terra con un sol colpo.

Le tenebre dissolsero le ombre.

L'insufficienza della presenza

Nord dell'Europa. Il clima è sicuramente conveniente a chi del caldo ha solo fastidio. A godere di tal posizione geografica sono tutti quelli, filosofi o perdigiorno lunatici e straccioni, che ansiosi per la sorte dei loro pensieri, trepidano. Temono d'ora in ora l'insufficienza della presenza. L'incubo d'esser vittime di quel tal processo fisico che tutti dicono si chiami sublimazione. Dal matrimonio di un ricco signore greco e un'avvenente, ma non più giovane, donna tedesca nacque Theodor Harpázo. Una storia come tante. L'estro conversevole è stato per l'attore Theodor Harpázo una garanzia professionale. Eletto all'unanimità come l'unico commediante e superbo interprete nella drammaturgia Heidelniana. Di fatto protagonista sulla scena e personaggio ispiratore di quasi tutte le opere di Hans Heidel. Figura rilevante nella vita dell'artista fu la moglie, Mizi Hel. Affascinante creatura misteriosa e tenebrosa, descritta anche da Heidel.

«Donna che appare sempre protetta da uno schermo di polvere e luce lunare!»

(Alfred Stieglitz)

Lei si occupava della messa in scena di tutte le rappresentazioni di Theodor Harpázo, curando la scenografia, la regia e addirittura ritoccando anche il testo dei deuteragonisti per adattarlo e plasmarlo secondo l'umore del marito. Mizi Hel rivelò il proprio genio creativo durante le prove per l'allestimento del dramma Glück und Unglück (felicità - infelicità). Così ha scritto di lei il drammaturgo Heidel.

«Mai mi fu concesso dalle divinità del cielo di veder la mia opera 'sì tanto chiara e vera. Tu hai reso vita a chi mai ha preteso d'esser vivo! Da questo teatro delle luci, luogo afetico, un nuovo astro andrà a occupare un posto nel firmamento»

Theodor Harpázo scomparve a Berlino durante una replica dinanzi la platea attenta, sepolto nel suo mantello grigio sotto i pesanti fasci di luce dei riflettori. Tempestivi furono i soccorsi. Alzato che si fu l'indumento a ruota, volarono in aria intensi ...oh! che andarono a inanellarsi ognuno nelle braccia tirate con forza al cielo degli attori sul proscenio, attoniti nel veder soltanto una vertigine di polvere arrampicarsi su per quel fascio di un riflettore in alto.

(Alfred Stieglitz)

(Alfred Stieglitz)

«Un malore improvviso?»

«Alzate quel paletot!»

«Forza...» gridarono gli uomini lì accorsi.

Nessun'ombra di Theodor! La sua arte teurgica si spinse oltre il limite immaginabile dalla concezione dell'irreale dei trascendentalisti, dando vita a quel movimento filosofico linea radiale spazio-temporale, presente nel pensiero esistenzialista replicatosi nelle memorie e nel tempo.

«Mah!»

Così scrissero sulle antologie. Al contrario, noi ci spingeremo strisciando il ventre in terra oltre la cronaca, la vita, la realtà.

Scena prima

Un tavolo, tre sedie. Un uomo seduto con i gomiti poggiati sul tavolo a reggersi il capo. Un signore elegante. L'uomo seduto con la testa fra le mani.

(Theodor Harpázo) «Varcare le soglie dell'infinito...»

(Il signore elegante) «Il concetto di materia è inscindibile dalle percezioni umane!»

«Fermi... luci in sala!» impose Mizi dalla platea.

«Non così!»

«Si prova ancora...»

Scena prima

(T.H.) «Varcare le soglie dell'infinito...»

«Ho perso la concentrazione» mugolò l'attore.

(Il signore elegante) «Theodor, sgranami gli occhi addosso... con malanimo!»

Scena prima

(T.H.) «Varcare le soglie dell'infinito...»

(Il signore elegante) «Il concetto di materia è inscindibile dalle percezioni umane!»

(T.H.) «...barricarsi dietro lo scudo del dubbio serve a farci apparire più simili agli altri!»

(Il signore elegante) «Quanta birra!»

(T.H.) «Ubriacati, ci vuol ben altro per stracciarti...»

Theodor si dondola torcendosi col busto.

«Ho bisogno di una piccola pausa. Ho ancora quel

(Alfred Eisenstaedt)

fastidio in testa. Scendo giù, prendo qualche cosa»

«Solo dieci minuti» concesse Mizi.

Nel frattempo, Harpázo si allontanò palpandosi la testa.

«Strano!» pensava Mizi Hel.

«Ehi, Mizi! È scomparso il cerchio in testa!» si sgolò Harpázo, mentre dava un pizzicotto sulla guancia di un assistente di sala.

«Si ricomincia...»

Scena prima

(T.H.): «Varcare le soglie dell'infinito...»

Il signore elegante scaraventa il bicchiere sul fondo del palcoscenico. Sopraffatto dalla vicenda, Theodor si rifugiò sulla quinta di sinistra.

«Aiuto, Mizi! Una folla nella mia mente!»

«Luci in sala!» e, rivolgendo le due palme delle mani verso la scena, volle rassicurare gli attori sulla buona salute delle sue dita che orgogliosamente mostrava ben tese e distanti tra esse un'eguale misura.

Ebbe gran risonanza la notizia dell'attore sublimato per

accidente da una prolungata esposizione al fascio di luce di un riflettore. Theodor Harpázo fu vittima della propria insufficiente presenza. Con l'alzato che si fu l'indumento a ruota, ci si rese conto della scomparsa. In sala e sul proscenio regnò a lungo lo stupore. Perfino l'aria mancò, inghiottita avidamente dalle bocche spalancate. A rompere i silenzi fu Mizi Hel. La donna iniziò una frenetica corsa creando intorno a essa un tunnel di disperata assenza. Tutte le luci del teatro si spensero. Dall'alto del Monte Nebo sulla piccionaia tuonarono i versi contro il cielo dipinto dall'Olandese.

«Weelleh Shemoth! Weelleh Shemoth!», ("Questi sono i nomi", le prime due parole con le quali comincia il libro dell'Esodo).

«Vergiß mein nicht!» ("Nontiscordardimé").

Sporse in avanti il busto dondolando sulla cimasa, con le ginocchia esili fece pressione fra i balaustri per rendere possibile l'equilibrio, poi tese le braccia laggiù verso il magico rettangolo stagliato nell'ombra. La coscienza aveva scomunicato la propria creatura. Ancora oggi Mizi Hel vaga nel tempo alla ricerca del suo uomo. Non dispera, sa che Theodor Harpázo ha oltrepassato una soglia. Frugando sotto la campana di luce di un lampione nella vecchia Londra o nel cono luminoso del faro là sullo scoglio, spera sempre di scoprire un giorno una vertigine di polvere.

Scena seconda

Un battito d'ali.

(Bill Brandt)

Introduzione

" Hotel de Jassaud", il palazzo situato oggi ai numeri 19 e il 19 bis del Quai de Bourbon fu costruito nel 1642 per volere di Nicolas de Jassaud e del consigliere del re, Masson. E fu proprio Nicolas de Jassaud a fare erigere nel 1666 la statua di Saint-Nicolas, patrono dei marinai, all'angolo di rue Le Regrattier, una via che anticamente aveva acquisito il nome da una incisione nella pietra, all'angolo del Quai de Bourbon:" Rue de la Femme sans Teste", l'ancienne graphie de «tête» (Dans l'ouvrage Supplément du théâtre italien, Arlequin donne au vieillard l'étymologie de la rue de la Femme-sans-Tête ainsi: «C'est comme Jean Pain-mollet étant aveuglé de colère ne prît pas garde où il frappait, et coupa la tête à la Princesse.»). Dunque, non esiste alcun legame tra la "rue de la femme sans teste" e la statua decapitata. L'incisione sulla pietra potrebbe derivare dal nome di una taverna rappresentata nelle insegne attraverso la donna senza testa che regge una coppa nella mano, seguita da un detto sentenzioso "tout est bon"! Una frase, un intendimento poco lusinghiero per le donne. Senza testa, perciò senza linguaggio, senza parola. E tutto andava bene poiché lei esisteva nell'assoluto silenzio. "Fino ai primi decenni di questo secolo, in una strada di Parigi, in rue

Le Regrattier, esisteva una nicchia dentro la quale si vedeva la statua di una donna decapitata che sorreggeva un bicchiere nella mano, e sotto c'era scritto: «Tutto le serve» (Eugène Canseliet, *Alchimie*, Paris 1964, p. 59-68). L'insieme costituisce un simbolo della prima operazione della Grande Opera Alchimica: *solve*, la dissoluzione o separazione, la *mors philosophorum*; morte filosofale, che secondo la tradizione ermetica serve per liberare lo spirito dalla materia bruta, allo scopo di preparare la trasformazione o purificazione totale della creatura, che solo può compiersi attraverso un alternarsi di morti e di rinascite, nel corso della vita umana. Il bicchiere è il *vas spirituale*, in cui si chiude il «vino dei saggi», ed è analogo al Graal, che conserva il vino eucaristico. La donna, per la sua indole passiva, rappresenta il solvente universale ed è decapitata per indicare che è avvenuta la separazione completa dell'anima, dello spirito vitale, sotto forma di luce bianchissima, rispetto al corpo, che è la sua tomba e che resta quindi in stato di *nigredo*, *nigrum nigro nigrius*, nero più nero del nero. La scritta «Tutto le serve» consiglia l'aspirante alla redenzione spirituale a non lasciarsi sedurre o confondere da questa prima epifania della luce, poiché questo potrebbe condurlo a disprezzare la materia nera, vile e rozza del corpo abbando-

nato: questa materia, questo corpo, deve tornare ad essere spiritualizzato affinché la Grande Opera si compia e per ciò questo quasi niente, questa pietra che gli architetti scarterebbero, ridiventa condizione dell'Opera." (L'arte come mediatrice tra questo mondo e l'altro - Héctor A. Murena, pubblicato su "Arsenale", rivista trimestrale di letteratura, n. Nove-Dieci, Anno Terzo, Edizioni Il Labirinto, Roma 1987 - Traduzione di Lucrezia Cipriani Panunzio). " Perché siamo nati in questo momento? Perché fummo creati? Piegarsi con interrogante e tenace umiltà, con tutta la forza della vita, sopra questo enigma senza risposta - enigma che ripropone in ognuno il mistero della necessità del tempo e della Creazione -, piegarsi così su questo enigma capace di infrangere tutte le illusioni razionaliste e materiali è l'atteggiamento che forgerà in coloro che lo assumeranno il potere spirituale del silenzio interiore capace di vincere le negatività.". (L'arte come mediatrice tra questo mondo e l'altro - Héctor A. Murena, pubblicato su "Arsenale", rivista trimestrale di letteratura, n. Nove-Dieci, Anno Terzo, Edizioni Il Labirinto, Roma 1987 - Traduzione di Lucrezia Cipriani Panunzio).

RVE·DE·LA
FEMME·SANS
TESTE·

La vita non è altro

L'ombra di un chiodo teneva sui barlumi di una lanterna. Lungo il cammino per Glass Open, la locanda di Giava era un'approssimazione ai tratti della città. Seduto al suo solito tavolo, Datz era in quel modo ammanierato da essere il bersaglio di un presupposto tiro da parte e dalla parte dell'oste Giava. La parigina batteva il tempo seguendo il ritmo di un'intima melodia, con lo sgabello che si staccava pericolosamente dal tavolato, sopra l'impiantito. Un'esoterica armonia aggomitolava gli avventori nella bettola. L'oste Giava, dietro al banco dal quale sporgeva per i buoni tre quarti nella sua imponente figura, mostrava ai suoi ospiti il grugno malvagio posato sulle spalle fra due braccia simili alle zampe di un cane ingrassato. Non ringhiava. Ansimava come un randagio appena scampato alle ire di un macellaio. L'uomo aveva i modi propri della cagna che da qualche tempo vegetava al suo fianco: uno schifoso insozzante animale domestico. Tal disfacimento della razza canina si manifestò nell'incrocio di un repellente volpino e uno

(Webcam - Aachen, 2004)

sporco nell'anima di cane da caccia. Taverniere per procura di un padre ormai inabile al mestiere, Giava svolgeva il suo lavoro di malavoglia mentre gli era assai adatta la figura del beone. Sporco in viso, giù in fondo al nero dei suoi occhi si perdeva ogni sguardo altrui. La barba incolta, umida e corta da apparire ogni singolo pelo simile a una salsiccia lucida e grassa. Gli spilli che gli bucavano la testa ebbe un giorno a chiamarli capelli. Le mani gli servivano per stordire grossi e pericolosi animali e, soprattutto, per reggersi la pancia che per un'elementare legge fisica era attratta dalla terra. La sua statura gigantesca lo facilitava solo nei compiti aerei, come quello di spegnere le lanterne lassù sulle pareti. I clienti conoscevano molto bene l'oste Giava. Avevano ormai imparato a prenderlo per il verso giusto, meno pericoloso! La parigina aveva ottenuto il permesso di fissare su di una parete un chiodo sul quale appendere la propria ombra. Per questo la donna occupava sempre lo stesso posto dinanzi a una lanterna da tavolo. Datz non ebbe mai a pretendere altro, se non di occupare, ora e per sempre, il tavolo laccato lì nell'angolo fissato

(Eugène Atget)

al pavimento. Restava fino a tardi ad ascoltare le chiacchiere e le discussioni degli avventori nell'attesa dell'intervento chiarificatore dell'oste Giava. Davyna la parigina ascoltava sempre, non parlava mai.

«Ancora un tozzo di vino, Oste!» esclamò, Datz.

Nacque in Francia alla fine del XIX secolo. Avuta come dimora la nicchia di Rue Le Regrattier, (Hôtel de Jassaud, à l'angle du quai de Bourbon et de la rue Le Regrattier, La Femme sans tête) si trasferì in una locanda di Wittemberg a inseguire i destini di Master George da Rhodd. Le case del villaggio di Bimlich sembravano galleggiare come barchette di carte mosse dal vento, se viste da lontano con gli occhi annacquati dal vino. Datz aveva sempre le gote rosse, da favorire la salita di una barriera d'aria calda. Lenti naturali dove si rifrangevano le immagini. Davyna amava follemente il suo uomo. Aveva per lui perduto la testa. Conservava ancora gelosamente nella mano un calice proteggendolo come un uccellino nato da poco. Stordito dal frullo nel cielo, invano tentava di simulare la morte per difendere la vita. La coppa colma d'aria fredda di un amato sposo ormai stanco di bere. Vi poggiò le labbra liberandosi del respiro. Da un angolo semibuio, come ogni sera, sarebbe iniziato il soliloquio di Datz. Davyna e l'oste Giava si scambiarono uno sguardo di rassegnazione. Poi si volsero verso l'uomo solo, con la tenerezza che solitamente porgevano ai disperati e alla cagnetta.

«...com'era bella Lilia! Mi ricordo di un giorno... quell'anno in cui la primavera sbucò d'improvviso. Eh, com'è lontano quel tempo!» disse Datz con l'impronta da destare in chi lo ascoltava immaginazioni.

«Sapete... io le parlavo di margherite, di fiorellini impauriti che mai prima d'allora avevano visto il cielo ai primi di marzo. Del venticello fresco che tempra le gote agli alcolizzati. L'attenzione che mettevo nelle passeggiate nei prati. Non calpestare nulla. Uscire a mezzogiorno per non velare il verde con la mia ombra. E poi...»

«E lei che diceva?» interruppe il racconto l'ironico oste, con la voce che imitava un coro.

«Che diceva! Che diceva! Voleva solo che la portassi con me nel sonno...» disse al vento Datz.

«E tu lì a parlar di fiori...» continuò così la disperata

(Grete Stern)

realtà di quei fatti conosciuti a memoria, l'oste Giava.

«Lardone, sai tu cosa sono le margherite? Eh, lo sai! Lo sai!» gridò Datz.

«Sono stelle che... Sì, sì che lo so! Lo so!» rispose l'oste sbuffando per la noia, facendo segnali luminosi e di fumo col sigaro prossimo alla fine.

«...milioni e milioni d'anni fa caddero dal cielo, di giorno per non dispiacere alla luna. Tante stelle si nascosero nella terra. Assunsero forme: lucciole e semente. Da migliaia d'anni le lucciole cercano invano di salire su nel cielo. Si scostano appena dal suolo, al culmine del volo spalancano gli occhi per la disperazione. Ogni batter di ciglia è una lucina nel buio, un disperato tentativo di fuga»

«Vuoi ancora vino?» chiese l'oste Giava.

«Sì» rispose con un fil di voce Datz.

«Ogni anno, milioni di margherite spuntano da terra in equilibrio sull'esile stelo. Ahimè, troppo corto. E io, io dannazione! Una mattina d'aprile, di buon'ora, scesi di corsa le scale senza preoccuparmi della mia ombra sul prato. Incominciai a strappare alla terra i profughi della diaspora celeste. Impazzivo, piangevo. M'infondevo coraggio urlando ai cani lì attorno, il nome di Lilia»

«Lilia! Lilia!»

«Composi un magnifico mazzo di fiorellini. Li contai con attenzione. Riassunta una stella, legai un filo sottile attorno a quelle zampine strette e storte. Buttai il mazzetto in cielo... provai ancora! E ancora! Ancora! Fino a stagliarlo lassù, nel firmamento. Come il fiore luminoso dell'ultimo fuoco d'artificio. La notte brilla in cielo: è Lilia»

«Le raccontai della mia impresa. Ricordo la sua smorfia!»

«L'ultimo ricordo che ho di Lilia»

«Perché bevi così?» chiese la parigina in preda ai nervi per una risposta scontata.

«Berrò ogni sorta di liquido che sta al mondo. Devo impedire la nascita delle margherite» disse Datz, stramazzando sul tavolo ancorato ben saldamente al pugno della mano destra avvinghiata con le spire al bicchiere vuoto.

Tra il ronfare di Datz e il frullo fastidioso di una falena, si muoveva fra luci, ombre e tavoli un vecchio mendicante ceco. Tuz il praghese. Per pochi spiccioli, Tuz vendeva racconti della sua città. Volava sopra i tetti famosi di Praga come un carosello, una giostra d'occhi neri, profondi, affamati di luce. Teso come lo spettro della noia, diventò forza centrifuga e scagliò lontano schegge d'immaginazione.

«Praga immobile si lascia ammirare! Spinta dal cielo, scivolando sul fiume l'aria inonda il cuore d'Europa. L'alito di vita soffia al cigno reale accendendo in esso la voglia d'essere. Le correnti aeree raggiungono il Castello lassù la collina che impaziente attende i propri colori. Sotto Karluv Most scorrono le acque della Moldava. Severo nella sua posa, Carlo IV custodisce il tesoro. Il cielo vomita dalla luna l'inchiostro della seppia divina. Dirigibile fra mondi»

«Dio s'arrotolò le maniche e rimboccò il manto a Praga!»

«Si accendono le luci elettriche. Il Castello diviene finzione. L'inganno si porge ai nottambuli, dispersi dai ristoranti e dalle sale da ballo, come una preziosa cartolina di seta» Tuz si trattenne.

L'oste Giava lo salutò scuotendo aria dal naso. Poi, di traverso sul bancone, tese una bottiglia piena fino ai tre

Prague Castle (2004)

quarti al nuovo ospite. Davyna, col suo fastidioso silenzio, continuava a battere il tempo. Per incanto, destato da un folletto, Datz sollevò il corpo senza sincronizzare il movimento con le tapparelle degli occhi. Compiuta l'opera, rimase con lo sguardo assonnato sino a quando il mendicante ceco non gli chiese se poteva sedersi al suo tavolo.

«Certo, certo...»

«Domani è domenica. Lilia andrà a messa. Forse con suo marito. Indosserà il vestito della festa. In quel giorno Dio si riposò. Sto da sempre a pregarlo, non lo lascio mai libero d'occuparsi d'altro. Vedrai, vedrai... quel giorno, con la cravatta e il vestito nuovo. Prendendomi sottobraccio, mi offrirà da bere. Lo accoglieranno con gioia e non gli permetteranno di pagare. Vedrai oste, che giorno!»

Con un colpo di tosse nascose il sorriso e poggiò gota, naso e occhio destro sul braccio, come uno scolaro, lasciando un piccolo spazio per permettere all'altro occhio di fare buona guardia al vino.

«Gli avvoltoi mangeranno tutto di lei lasciando intatto lo scrigno dove è nascosta la tua promessa d'amore»

«Tu sarai sempre l'uomo di Lilia»

Tra il fondo di una scala, dei bicchieri, della notte entrò ondeggiando sulle note di chissà quale vigna, la signora madre dell'oste Giava.

«Stappati l'orecchio 'ché è l'ora della tua medicina» impose al figlio.

Giava riordinò i propri movimenti lentamente per non manifestare dinanzi agli avvinazzati la succube posizione nei confronti della madre. Sollevando il braccio come la leva di un diabolico congegno meccanico per muovere la testa, accostò la mano ruvida all'orecchio e, disposte le dita a mo' di chela, estrasse un batuffolo di cotone pregno di muco tra le facce attonite dei clienti. Alcuni temettero di dover ricomporre pezzo per pezzo l'anfitrione esausto. Col movimento tipico della mescita, la signora madre versò nell'orecchio del figlio uno speciale unguento. Fatto ciò si ritirò nella sua stanza non prima d'aver maledetto tutti i presenti.

«La maledizione è il divino compiersi di una vendetta impossibile!» sentenziò dal pulpito il mendicante ceco. Volgendo il capo verso il fondo scala, scortò gli umori della signora madre.

«Io, io l'ho maledetta! Ho maledetto la mia Lilia! Fino a quando dovrò scontare pene? La sua dannazione! Non sono stato capace di far sgorgare amore. Sarò maledetto!»

«Calmati, Datz! Gente, aiutatemi a tenerlo fermo!» urlò sgomento, Tuz il praghese.

Come formiche che non avrebbero temuto il gigante di pane, accorsero tutti al tavolo di Datz, mentre questi si umiliava per amore dinanzi a quegli stessi occhi che poco prima sarebbero apparsi miseri a un'intelligenza superiore. Solo l'oste Giava tese le labbra, dicendo no con la testa al destino difficile del suo affezionato cliente. Davyna pianse! Sotto lo scantinato, la signora madre si tormentava con raffinate imprecazioni diffondendo luce sugli ospiti e sulla tremenda fine alla quale sarebbe giunta l'umanità. La signora madre era per definizione biologica incontentabile. Giustificare il comportamento della donna non bastò a dissuadere chi, stufo oramai di tante maledizioni, voleva irrompere nel sottoscala e vendicarsi della vecchia. Fu sufficiente la minaccia dell'Oste Giava di privare tutti del vino. Si aprirono squarci di silenzi, bocche enormi povere di

Brassaï (Gyula Halász)

134

denti. Davyna smise la sua misteriosa positura per muovere passi misurati verso il centro della stanza e dell'attenzione. Pose in terra con riguardo, il calice prezioso. Appoggiò lo sguardo sul fondo della terracotta. Le sue braccia si staccarono dal busto, una voce argentina si sollevò.

«I fiumi, figli minori della terra! Si distaccano dalla roccia insinuandosi prepotentemente nelle forre. Il mare li inghiottirà. È la loro sorte!»

La calca delle idee premeva in testa alla donna senza ordine né disciplina alcuna. Tuz gridò al miracolo! Ogni manifestazione solipsistica deve essere oggetto d'attenzione. Così dispose che da quel momento in poi in sala regnasse un religioso silenzio. Con un filo di saliva densa che lo legava al piano del tavolo provvisoriamente, Datz prese a boccheggiare tanto da sollecitare pericolosamente il momento statico di quella connessura. L'oste Giava prese le sembianze e i modi propri di un direttore d'orchestra. Salito dopo vari pericolosi tentativi con i piedi sopra il bancone, orchestrò con gesti comici un concerto di voci. Incoraggiata da silenzi ieratici, Davyna prese aria per continuare la sua recita.

136

«Questo è il destino!» ridisse la frase come un attore che, interrotto da un intrattenibile applauso della platea, blocca la scena in una fotografia per far sì che quell'istante s'imprima nella memoria del pubblico. «L'estate fonde il piombo che l'inverno rigetterà alla terra. Il cielo rabbrividisce ai primi geli. Strappati l'Elba dal greto e gli strascichi della Moldava, con gli oscuri nembi se li avvolge alla gola!»

Se non recita, di quella si dica un liberatorio sfogo. Legittimando una natura minore ai fiumi, al cielo un'autorità preternaturale, Davyna azzardò con ermetici proclami una sortita nei meandri del meccanismo naturale dell'esistenza. Cercava disperatamente di smontare pezzo per pezzo ogni regola per afferrare il funzionamento del congegno che regolava l'arco vitale. Il cielo con la fusciacca alla gola, fuori di quelle quattro mura, inzuppò con pioggia e neve la campagna intorno. Il vento avanzava spingendosi qua e là come un ubriaco impedito da una pastoia. Si cominciò a intravedere la fine della notte. I cardini della taverna cigolarono intonando il verso di una civetta che già li aveva preceduti. Il primo a uscir fuori fu il broncio sul volto dell'oste

Giava. Come ogni notte, prima di coricarsi andò a pascolare la sua cagna e le sue gambe stanche di star sempre ferme. Al rientro, non gli rimase altro che sbattere fuori l'ultimo ubriaco incollato al bicchiere. Spegnere le luci delle lanterne e chiudere bene bene, con la serratura a doppia mandata, le porte d'ingresso. Davyna fece ritorno a Bimlich in bicicletta, senza affrettarsi. Il ceco andò a parlare con la luna naufragata fra le nuvole, fischiettando un motivo di Smetana. Datz si servì del breve tempo rimasto alla fine della notte per provare ancora una volta a invocare Lilia, che di lassù lo stava guardando.

«La vita non è altro!» disse Lilia, alla stella più vicina. Per volere divino, dall'alto dell'étagère cadde sull'assito della minuscola stanza di Datz un libro di Pierre Teilhard de Chardin.

«Himme de l'Univers»

Il Figlio e Ministro del Sonno e della Notte si agitava rivoltandosi nel letto col papavero stretto fra i denti. Era in preda del fuggevole divenire delle metamorfosi biologiche della propria immaginazione. Con il sordo rumore della caduta del volume ai piedi del letto, egli

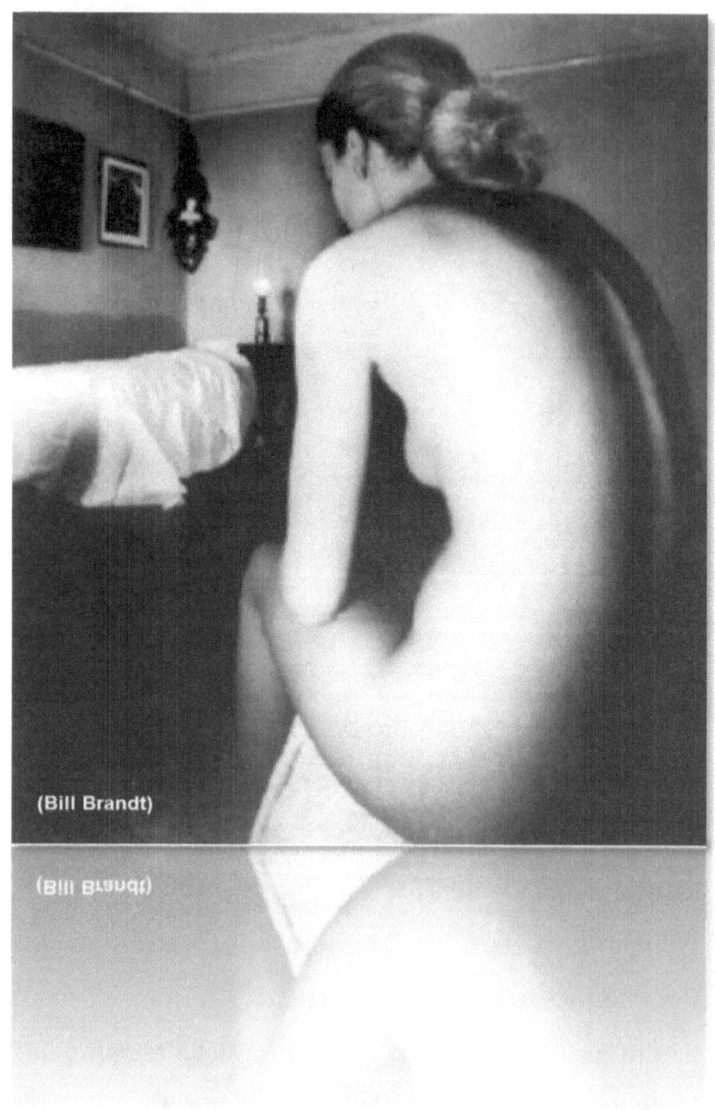

(Bill Brandt)

ebbe a vivere l'insolita esperienza temuta nell'inconscio da ogni spettatore durante la proiezione di un film: il brusco scomparire delle immagini. Cadere nell'oscurità improvvisa. Il balenare accecante del lampo elettrico. Scattato in sella al letto, Datz si torse gli occhi con i pugni tirando fuori a fatica dai polmoni l'aria stantia. Bevuta un po' d'acqua, si ricordò della sera prima di aver lasciato sopra il tavolo un messaggio per sé stesso. Quelle parole scritte avevano bisogno ancora di un po' di tempo per fermentare. Si disobbligò. Non venne meno al suo senso di misura. Prese il foglietto e gli occhiali.

«Sotto un sole molto caldo e il fresco ventaglio delle nuvole, io, avvoltoio superbo, veleggiavo sopra una storia agonizzante. Scesi giù in picchiata. L'uomo e la donna si separarono e d'istinto. Col rostro, in mezzo ai due m'infransi»

Abitato da sensi di colpa, l'universo d'incubi nel quale diveniva nel tempo lo spirito di Datz, si afflisse castighi cerebrali per peccati non commessi. Il meccanismo che innescava quel complesso parossismo, si completò in un perfetto congegno debilitante, nel periodo in cui

Davyna si dispose a esprimere la propria volontà a non amarlo. Datz aveva bisogno di una morbosa affezione intellettuale. Quella donna poteva offrirgli solo insipienza. Davyna avrebbe temuto le inevitabili separazioni *psicoidiomatiche* che si sarebbero verificate durante le centrifughe cerebrali nel mulinello di una delle tante speculazioni sull'amore di Datz. Solo una sorta di laico quietismo maniacale avrebbe potuto fare sì che s'instaurasse fra loro un rapporto basato su un'adesione morale e intellettuale, affinché il pensiero divenisse diafano agli sguardi indagatori. Tra l'orologio e il cielo… Spostandosi verso la finestra inciampò nel libro che lo aveva destato. Il volume si porgeva aperto, e scorso dall'aria smossa nella caduta, su un capitolo.

«L'umanità in cammino»

«...come riuscirò a testimoniarti (…) che non appartengo a coloro che dicono soltanto con le labbra: Signore, Signore?!»

In un balenare di ricordi e d'idee, nella sua memoria si ricostruirono lentamente le meditazioni fatte un tempo sul brano. Sbadigliando e stringendo col pollice e l'indice il suo naso, Datz cercò inutilmente di ostruire la via al sonno. Non si perse d'animo. Dal lavabo si spruzzò in faccia acqua gelida. Avvicinandosi alla finestra, portò la mano sinistra ad accostarsi alla fronte stendendola come una visiera parasole. Le palpebre e gli zigomi non s'arricciarono a causa dell'errata previsione meteorologica dello stesso arto anatomico. Datz trovò un altro compito per la sua mano. La chiuse in sé stessa e, puntandola contro l'anta della finestra, vi poggiò sopra la fronte inarcando il sopracciglio. Restò in quella posizione. Il tempo necessario per tentare di riafferrare un concetto.

«È presunzione! Presunzione e basta» disse Datz, voltandosi di scatto.

Preso l'occorrente per evitare di andar fuori nudo, uscì da casa. Avvolto nei suoi panni e dalla nebbia si ritrovò per strada. Camminando si medita. Datz prese a discutere con la propria immagine, stimolato dal divenire dinamico dei suoi passi.

«Come ci si può sentire eletti?! Ma dico io! La fede, la fede è o non è adesione intellettuale, morale? Ognuno elabora spiritualmente il proprio pensiero in rapporto

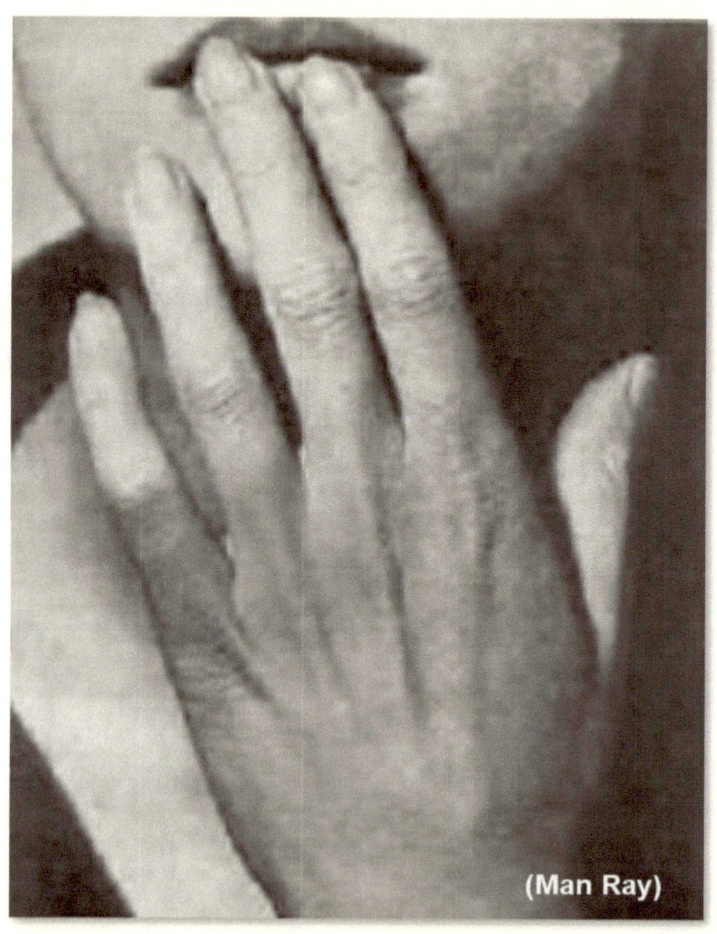
(Man Ray)

alle possibilità individuali di scelta. Quale potere ci autorizza a distinguerci da chi prega solo con le labbra? Hai smosso un fiume di domande. Quelli hanno creduto alla parola! La tua invocazione è sorta dagli abissi della tua mente. Non per le vie sicure del cuore, no! Non con l'urlo del disperato, no!»

«Dio mio... io amo Davyna! L'amo così! Ah, ah...! Ah... 'iutami! 'tami»

Sfinito, scacciò fuori di sé l'aria ed entrò dall'oste Giava per una colazione approssimata, antipasto di un improbabile pranzo. La locanda era vuota. Giù in fondo alla sala, in un angolo, sedeva dimenticato dalla luce, il mendicante ceco. Che atmosfera! Un bancone di legno vecchio, severo mastro di quattro tavolini lì fissi ognuno con le gambe nel pavimento. Fissi nel silenzio, tenuti d'occhio dalle lanterne a olio appese ai muri. Con la venuta di Datz, le piccole piume di fuoco assieme alla testa dell'oste e del mendicante ceco si volsero verso l'uscio. Tuz si trascinò verso il banco tirando passi esasperati. Il praghese propose all'amico oste di accomunarsi per incominciare una partita a carte. Datz non s'era accorto per niente degli accordi, tanto che aveva

(August Sander)

preso a boccheggiare come un pesce poggiando i gomiti sugli alti braccioli della seggiola con il dorso dei polsi premuti sul basso degli zigomi. Nella mente di Datz si stava celebrando un processo d'adeguazione conoscitiva. Era caduto nelle maglie delle più intricate teorizzazioni su argomenti teologici per colpa di un falegname, che al tempo non aveva operato bene nel mestiere fissando in malo modo una vite in non si sa quale ripiano di una libreria.

«Ehi, ehi!» scosse con tre dita la spalla di Datz.

«Sono arrabbiato, Tuz» disse Datz.

«Certo, certo... sta' buona! Toh! ... queste sedie! Lo fanno per dispetto a non staccarsi da qua sotto!» e con forza assoggettò al suo compito il trespolo.

«Senti Tuz, io sto veramente male. Ti andrebbe di parlare. Così, anche per niente da dire!»

«Scopro dinanzi a me automobili che si muovono, mani che portano in alto!»

«Una coppia»

«Un uomo solo»

«Lontano»

«Una famiglia al riparo»

«Devo assolutamente toccarmi le mani, mischiare e confondere le dita ai miei occhi. Sì, sì, spingere dentro le tasche della mia vecchia giacca; tirarle giù, sì, così... per stirar l'abito e lo sguardo di chi mi sta guardando»

«Tuz, lo vedi quello lì? Sì, proprio quello vicino la cabina del telefono. Dinanzi al *benzivendolo*. Sai cosa farà? Eh? Lo sai?» sempre più forte, prendendolo per il bavero.

«Lo sai? No! Non lo sai. Stupido! Com'è facile perdersi»

«Dài, beviamo. Parlami di Praga. Ah! Scusa, di Praha… bada però, racconta tutto!» impose solennemente. «Siamo soli!»

L'oste Giava sopraggiunse col suo straccio imbevuto di vino marcio a pulire gli spazi lasciati liberi dallo sbraco dei due sul tavolo. Tuz aveva appena aperto bocca che Datz aveva portato alla fronte un provvidenziale aiuto con la mano sinistra ben aperta per evitare che la testa rotolasse a terra a prender calci.

«Ti senti bene?»

«Non è nulla!»

«Praga è ciò che scorgi di mattino quando apri gli occhi. La vedi lì attaccata al mondo, fai un passo e ci rimbalzi contro. Praga avvolge!»

Movendo appena il braccio, Datz fece in modo che fosse servito loro del vino. Di quello rosso, forte.

«Senti, non è che se viene lei... poi ... hai capito!»

«Tuz, io sono perso. Mi sono perso fra le lancette di quell'orologio lassù! Lo vedi là, in cima? La lancetta dei secondi, la vedi? La lancetta dei secondi è ferma sulla tacca delle dodici.»

«Oste, aggiustalo l'orologio!»

«Ma senti 'sto scemo! Neanche se ti bevessi tutta l'umidità dei muri, oltre al vino e a tutto ciò che ho di liquido qui dentro, fino a scoppiare tutto il vuoto in pancia, riusciresti, con i tuoi e i miei soldi, a comprarne un altro» sbraitò l'oste Giava, con un quarto della sua bocca mentre gli altri tre mordevano, come cani arrabbiati, un sigaro puzzolente.

«...e poi, sì, vedi ora, quella dei minuti copre per intero l'altra dei secondi. La più importante, quella lì, piccina. Quella per le ore è immobile! Lontana dalle altre. Beh, quella sono io! Mi muovevo, seppur a passo a passo, dall'una alle due e poi andavo alle tre. E pensare che erano secoli che vivevo nell'agiatezza, intanto che l'operaio contasecondi si ammazzava di lavoro tirando il fiato quando qualcuno si dimenticava di darci la carica. Alla sfera dei minuti, solo il compito di spostarsi e accomodarsi come un dormiglione nel letto. Sono fermo e perso, lontano da loro»

«Anche se quello in alto è un vecchio orologio, la gente, dopo aver inteso, va inconsciamente a indagare nel tuo passato. Guarda subito l'ora dove ti sei bloccato, poi guarda il percorso della tua vita»

«Ti mancavano tre quarti; eri prima di un quarto alle sei. Non presta attenzione alla lancetta dei secondi! No, nessun interesse! Io so quello che per te rappresenta! Si manifesta, poi muore senza rinunciare di esistere. Quell'orologio è la prova! La tua prova!»

Dritto sulla sedia con le scarpe infangate, Tuz puntò il dito verso il pendolo. Pur non volendo negare gli onori di un consenso risonante, bisogna pur dire che l'oste Giava, oltre a non apprezzare l'argomento dibattuto nel suo locale, rimase sorpreso dalla maleducazione del mendicante ceco con le scarpe inzaccherate sopra la sedia e dell'inspiegabile fine del prezioso pendolo appartenuto alla santissima donna che fu la nonna della sua

(Grete Stern)

signora madre. Chiariamo ad alcuni e confermiamo agli altri che il praghese, dall'alto della sua sedia, fu raggiunto da una bottiglia lanciata con precisione dall'oste. Impetuoso fu il legittimarsi di Datz, il quale con rabbia s'arrampicò fin su l'orologio ad aprire la porticina dove non si muoveva il pendolino. Con la mano destra aperta e tesa come a voler racchiudere qualche cosa di grande, si aggrappò nel quadrante e con la sinistra afferrò il pendaglio come il collo di una gallina. La confusione di suoni richiamò l'attenzione della signora madre. La donna apparve da un foulard di prestigiatore. Un prestigiatore alle prime armi, giacché la vestaglia della signora madre rimase impigliata in un cardine della porta. Grasse le coraggiose risate degli astanti, molti i dubbi tesi a insinuare le virtù delle mogli, madri e sorelle dei presenti chiariti con voce impostata dalla gentile signora. Il sesso debole insiste caparbio in manifestazioni di dedizione! Così pure la signora madre. Con le spalle rivolte agli ospiti, la nobildonna si ritirò nelle sue stanze privando tutti dell'onore del saluto e del proprio particolare augurio per la notte che stava ormai alle porte. La vita riprese nella locanda. Tuz prese a sbeffeggiare l'oste portandosi sulle tempie le palme delle mani poggiate sui pollici. Come un metronomo regolato lento, prese a vibrare in modo assai curioso la lingua fra le labbra restando in bilico sulla seggiola. Datz, smontato dall'orologio, tornò al suo tavolo insieme a Tuz. Presero a osservare un punto, un foro di una termite. Scrutarono con interesse quelle piccolezze. La disposizione dei luoghi dove probabilmente stava riposando l'insetto.

«Dormono a quest'ora?» domandò Datz.

«Dormono, dormono!» rispose chiudendo gli occhi.

Silenzi. Silenzi e minuti volarono attorno alle lucine delle lanterne. Si avvicinarono alla fiamma stando accorti a non bruciare. Poi scesero nell'aria giù sul pavimento. Si allinearono per file pari dinanzi al caminetto. Il crepitio della legna, scintille, schegge.

«Ah! Ah! Dài... vino, su vino, su... il vino qui!»

«Spaccati le ossa e guadagnateli quei soldi! Eh! Proprio a me li vengono a chiedere... mah, dài sediamoci; oste! Porta qua un po' di roba!» queste le frasi che precedettero due uomini. I due presero a ribattere ad alta voce una frase che auspicava un improbabile ritorno dalla

Brassaï (Gyula Halász)

storia di un personaggio forse non riconoscibile, ma che indubbiamente sarebbe stato in grado di ristabilire le sorti di un paese disastrato. Volendo trarre da quelle informazioni e imprecazioni una sorta di profilo somatico, ci si potrebbe coraggiosamente spingere a immaginare il personaggio oggetto di così tanta animata dissertazione come un uomo dal volto invaso da una foltissima barba e grandi baffi a discesa sulla bocca. Datz pensò bene di consigliare un buon barbiere ai forestieri. Tal Engels da Glass Open, per quel loro fantomatico politico che molto attraente non doveva essere. Tuz si strinse negli occhi. Sedutosi al fianco di Datz, gli sussurrò…

«La vita non è altro!»

«Sai… la domenica… aspetta! Sì, sì, forza dite l'ora! Le sette? Uhm… è già tardi» Tuz si fermò un attimo a pensare, poi riprese.

«La domenica pomeriggio, quei pomeriggi né caldi né freddi, la gente di Praga, non tutta, già! va giù nei ristoranti, sulle rive della Moldava, e lì trova, appena le due, le due e un quarto, tavolini e sedie messi di fronte a un palco dove la banda musicale e cantanti della domenica,

(Marilena Gelsumino)

a volte anche gente presa a caso tra il pubblico, si esibiscono fino alle quattro, non più tardi. Gente che beve birra, prende il caffè. Lo prende più di una volta, per il piacere di celebrare ancora e poi ancora un rito. Gente che veste bene per non dispiacere. Quando si fa vicina l'ora della chiusura, sia l'orchestra sia i ballerini accelerano il ritmo per aver la sensazione d'aver ballato un giro in più! Scomparsi tutti! Non c'è più nulla! Nulla!»
L'ultima parola la pronunciò senza il sostegno delle corde vocali, battendo la lingua contro i denti ancora umidi.

«Ti piacerebbe tornare a Praga... tornare a casa, tornare ...!» disse Datz, con le dita nei capelli di Tuz.

«A casa! A casa! Ma sei pazzo?!» sgranò gli occhi.

«Io possiedo una casa bellissima! Una finestra sul fiume. Se m'affaccio vedo Ponte Carlo o mi butto a sfracellarmi. No, non posso tornare. Tutti sono perduti. La serpe li ha presi. Tutti... tutti, maledizione!»

Sfinito dall'emozione, Tuz cadde con le braccia sul tavolo rovesciando bicchieri e bottiglie. Datz lo accarezzò e gli fece una domanda porgendo le labbra indurite dal fumo.

(Josef Sudek)

«Cos'è 'sta storia della serpe?»

«Ehi! Ancora vino...» strillarono all'oste.

«Se vuoi bere, alzati e vieni a prendertelo!»

«Non mi lasciare adesso! Ti prego» fermò con la mano le intenzioni di Datz e poi, riemergendo dal concavo del suo sterno, si dispose con la guancia sinistra sul tavolo facendo presa con una chiazza di vino versato.

«Su, continua»

«Abitavo in un bel palazzo. Un appartamento di poche stanze. Potevo fare musica col pianoforte, scrivere sulla toeletta di mia zia, ascoltare Beethoven, Bach... Smetana! Leggere... leggere tutto Kafka ancora una volta per sentirmi suo vicino di casa. Impazzire insieme a Schnitzler. Una gioia vivere in quella stanza! Alle volte vi entravo solo per guardare. Per scoprire un tesoro. Chiudevo la porta per nascondermi quella bellezza! Spalancavo tutto. La porta, gli occhi e l'anima buttandomi dentro»

«Un giorno vidi scomparire dietro un mobiletto, un affare nero che strisciava. Un elastico lasciato alla forza della sua carica. Divenni teso, attento. Scrutai tutti gli angoli della stanza. Lì di fronte, nello specchio, vidi una serpe nera e lunga. Ci fissammo negli occhi. Io conosco il mistero del riflesso»

«Non mi mossi. Quella strisciava. Non so come ci si comporta di fronte a un serpente!»

«La serpe apparve sul lucido del pianoforte. Divenni in quel momento io stesso un mistero. Non sapevo dov'ero. Con uno scatto di nervi m'arrampicai su per la tubatura, fino ad agganciarmi con le mani a uncino allo sciacquone. Con forza, per evitare che la serpe si avvinghiasse alle mie gambe, mi allungai su fino a scoprire l'interno della vaschetta. Gridai o m'irrigidii... non ricordo! Dentro c'erano grossi pesci neri che guizzavano aspergendo acqua sporca»

«Le mie mani si ritirarono. Caddi a terra riverso sul dorso, provai fitte dolorose. A due centimetri dalla mia bocca, la serpe conquistava terreno. Con le braccia feci leva per rialzarmi. Torcendomi m'avventai sulla bestia con un pugno schiacciandole la testa. Ero salvo e mi alzai. Chiusi a chiave la stanza. La fronte sudata contro la vetrinetta della porta. Respirando fatica e paura vidi in basso l'ombra lunga delle mie gambe insieme alla maledetta con la testa schiacciata che spingeva per passare

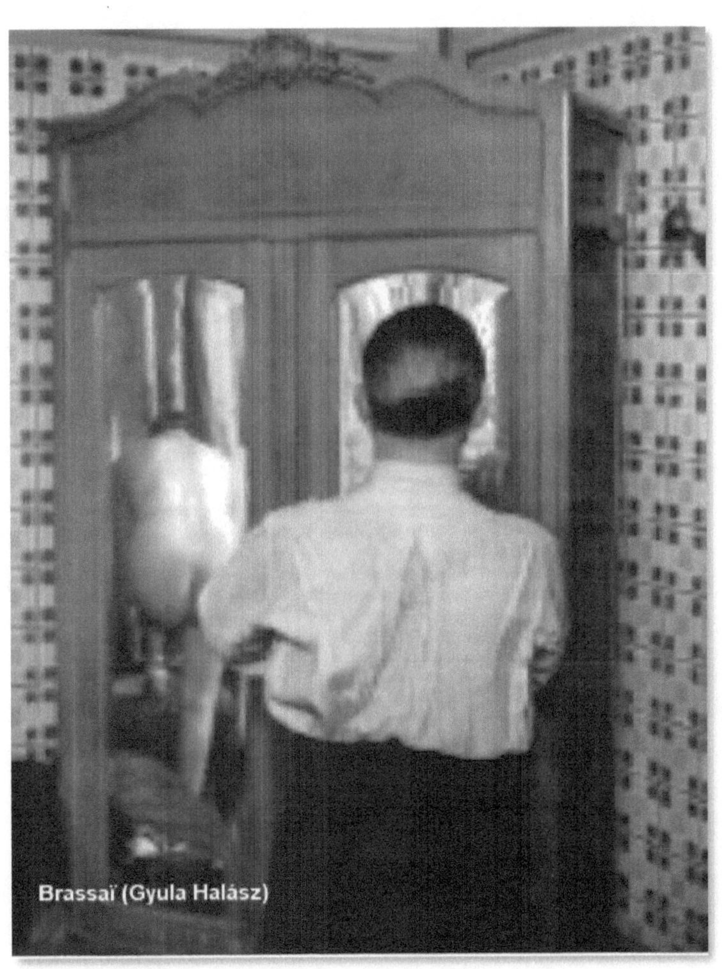

Brassaï (Gyula Halász)

(Grete Stern)

fra gli spiragli della soglia. L'ombra non si staccò, sembrava dipinta sul pavimento. La serpe con la testa assottigliata riuscì a venire fuori»

«Fuggii tirandomi per i capelli. Salvo! Salvo davvero! No, no, non tornai indietro, Datz, no! Gli altri ormai erano perduti!» galleggiando impercettibilmente nella chiazza di vino, Tuz socchiuse gli occhi e annegò nel sonno.

La cosa migliore da fare nell'attesa che Tuz si svegliasse era quella di ordinare un bel pranzetto caldo. Mah! Intendere pranzo una brodaglia di un misto di frattaglie sembra un'attestazione molto coraggiosa. Bevve un po' di vino nella fastidiosa attesa d'essere servito. Mandò fuori l'aria col naso. Con tenerezza si sfiorò l'orlo dell'orecchio, mormorando…

«Ho capito»

Al risveglio di Tuz, la locanda era zeppa di gente sfuggita all'acqua più che alla pioggia. Nella confusione, due sconosciuti riuscirono a dileguarsi senza pagare il conto. Il guazzabuglio di tazzine, piatti, bicchieri e bottiglie rotte mandarono l'oste su tutte le furie. Dopo aver saggiato con un calcio la resistenza di una stufa di ghisa

(Bill Brandt)

gettò un urlo di una potenza tale che dalla strada un torpedone gli fece eco starnazzando con le trombe. Di un colpo zittirono tutti. Qualcuno si sporse dalla porta. Dal sottoscala incedeva verso la sala la signora madre dell'oste Giava strappando aria agli avvinazzati. Un po' per l'effetto ottico che si ha quando un corpo si avvicina al nostro occhio, un po' per tutta l'aria ingoiata da quelle disumane narici, le luci delle lanterne non riuscivano a disegnare l'ombra del gigantesco essere apparso. Tutti ebbero a singhiozzare per gli spasmi. La signora madre espresse con eleganza il suo disappunto riguardo al comportamento sgarbato di tutta quella gente minacciando di fare il giorno appresso telefonate compromettenti e mirate.

«Giava! Cretino di un figlio di ...» si accorse d'aver steccato.

«Ecco qui il denaro di quei cialtroni lì fuori»

La locanda riprese a vivere quel tanto, per beoni di una notte. La porta aperta invitò gli ultimi rimasti a prendere altre vie. Datz sollevò a fatica il capo. Tuz, immobile... spalancò gli occhi.

«Almeno per questa notte, torna a casa!» implorò

Davyna.

«Master George, è un piacere…»

L'oste Giava, che aveva ascoltato tutto, si precipitò a offrire a Datz la propria automobile, nel caso avesse voluto fargli l'onore di servirsene.

«Non occorre, oste! Non occorre…»

Davyna uscì fuori ad aspettare il marito. Sorretto dai pensieri di un mendicante ceco, il dottore si alzò.

Buio a Praga!

Una l'Una

A quel tempo era piatta. Un enorme ponte poggiava sulle sponde di un fiume d'aria. Agli antipodi della grande costruzione qualcuno volle ergere un'opera gemella. Ogni mese, l'ora dopo mezzogiorno, una bianca sfera luminosa solcava l'aria dei ponti gemelli.

«Chi di quel chiarore brilla un amore ritrova!»

Un ideatore di mestiere realizzò un dì desideri. Con un complicatissimo calcolo matematico ridimensionò le grandezze delle arcate dei ponti. L'ora dopo mezzogiorno.

«Presto, sul ponte!»

La sfera dell'amore arrivò puntuale. All'una restò bloccata fra le arcate. La gente del paese innalzò in poco tempo un monumento all'ideatore. Piatta o rotonda che sia, la Terra è testimone ancora d'amori sospirati al chiaro di l'Una. Gocciole sapor di sale scivolano nel fiume. L'acqua le accoglie facendo cerchi attorno a esse.

(Man Ray)

Le sciarpette rosse

Per scorrere la mano sui ricordi di una stoffa ripulita, che un tempo pizzicava tanto sulla pelle di una ragazzina, la madre sfila via dal guardaroba una vecchia sciarpetta rossa e l'attorciglia alla collottola del figlio. Saranno le corse imprevedibili all'uscita della scuola a srotolarla e a tirarla per i fronzoli che a momenti si stacca pure la testa, quando arrivi a casa col pensiero fisso all'avanzamento di livello sulla Playstation. Poi lo sguardo sfugge nella direzione opposta a un tiro in porta e t'accorgi che stai cambiando voce. Una voce diversa, che se la spingi dentro un megafono del settantotto, piuttosto che nelle orecchie di un amico rassegnato, avverti lo stesso il bisogno impiccione di una sciarpetta più importante. Un compromesso silente arruffato legittimerà le inquietudini che a trent'anni t'impedirono di cambiare da solo il mondo, intanto che a quarant'anni stringi la mano a quelli col blazer tirato sulle spalle. La sciarpetta rossa scordata apposta sulla sedia, perché si sa che i borghesi non piacciono a nessuno, te la ritrovi stretta addosso con un cappio alla

(Glauber Rocha)

moda, a strozzarti in gola che la vita a cinquant'anni non è poi così facile come sistemare negli affanni un doppiopetto sulle grucce. Sarà il lampo della fine a coglierti con le dita fra le increspature della fronte, mentre sputi sentenze, prima di varcare le soglie dell'infinito. L'attaccapanni all'ingresso è l'ultima ombra serale del figlio che ti corre incontro sull'uscio, di una donna che t'impedisce di far tardi. Un'improvvisata al buio.

Scena ultima
Sipario

Ho pisciato con Hrabal

«State attenti a quello che adesso vi dico...»
Chi s'intende di cose praghesi saprà di Kafka e pure di Bohumil Hrabal. Uno scrittore suicidato da un piccione al sesto piano di un ospedale che sapeva di broccoli e lavanda. Una volta, scarabocchiando sul tovagliolo di carta in una birreria, Hrabal prese così tanti appunti da un tale che si vantava di aver servito il re d'Inghilterra che il suo editore compagno di bevute glieli pubblicò per intero. Il 'piccolo', nomignolo calato su misura come i manichini della sartoria di Pardubice addosso al protagonista del romanzo, racconta del rappresentante della ditta van Berkel, il signor Walden, un abile piazzista venuto da fuori a rassettare conti con una bilancia così precisa che quando ci si respira sopra conta la pesatura del respiro. E i proprietari dei ristoranti ci pesavano il loro salame ungherese, rimanendo sbalorditi da quella insolita quantità. Fette di grasso che avrebbero illuso i clienti per quanto numerose fossero, ma per nulla corrispondenti al peso che i golosi tenevano a mente. Eh, sì certo, perché il signor Walden vendeva

1994
(Marilena Gelsumino, 1993)

anche una affettatrice di precisione in grado di creare all'occorrenza trasparenza alla carne di porco da servire. Illusioni affabulanti di uno che a raccontare era bravo. Tre anni dopo se n'è volato via insieme al suo piccione nero come la pece, come il suo gatto preferito, Cassius Clay, da altezze irraggiungibili. La bilancia che pesa le parole. Soprattutto quelle trovate nel vento, nell'assurdo degli incubi. Forse, quelli di Kafka. Ma di questo, discuteranno i grandi. Sono solamente i poveri mortali a essere tenuti in ostaggio immersi in un malaffare di cui non si distinguono gli orizzonti. E semmai ve ne fossero, di orizzonti, se non altro di quelli giustificabili da tanta perseveranza nel perpetrare delitti, di linee immaginarie più che stagliate apparirebbero dritte come rette, appoggiate sulla curvatura del mondo. L'ho inseguito fino al cesso di U Zlatého tygra. Una latrina dove si piscia contro un muro lercio e puzzolente, con l'acqua che scivola via a bagnarti la punta delle scarpe. Non ci ho provato nemmeno a guardare di lato. Sapevo che era lì, con la camicia di fuori e le guance da apnea a ritornargli il fiato nei polmoni, a tirarmi con lo sguardo. «Mi hai fregato, adesso te ne andrai in giro a dire che hai pisciato con Hrabal...»

Uno scambio di sguardi e un singhiozzo calato sull'ultima Plzenský Prazdroj. La patta dei pantaloni riabbottonata, l'intesa non scontata per l'autografo e una foto scaramantica scattata nell'agosto del '93 tenendosi stretto un calendario del 1994. Si strinse borbottando la cintola quasi a volersi tirare subito al suo tavolo. Io invece mi buttai con le palme delle mani sul muro appoggiandovi finanche il capo sudato e disfatto dalla birra, ancora incredulo per ciò che mi era appena accaduto. Sono uscito nella notte, ho alzato la testa e, come sempre, ho guardato il cielo. Poi mi sono seduto sulla prima panchina.

«Vi basta? Con questo per oggi termino»

Indice dei racconti:

Le immagini fotografiche sono tratte dai seguenti siti web:

Aachen - La vita non è altro
webcam - 2004
Alexander Rodchenko - Il farmaco del dottor Morgenhufen
http://www.cristinaarce.com/images/photo_rodchenko03.jpg
Alfred Eisenstaedt - Holin Hora
http://www.gallerym.com/images/work/medium/eisenstaedt_alfred_Ice%20Skating%20Waiter%20St.%20Moritz%2
01932_M.jpg
Alfred Eisenstaedt - La vecchia sul trapezio
http://www.contrasto.it/img/Eisenstaedt%20St.Moritz%2032_img.jpg
Alfred Eisenstaedt - L'insufficienza della presenza
http://www.mjellenbogen.com/Workseisenstaedt1.html
Alfred Stieglitz - L'insufficienza della presenzaic
http://www.cristinaarce.com/images/photo_stieglitz05.jpg
Alfred Stieglitz - L'insufficienza della presenzaic
http://www.awebsite.org/design/photo/pics/stieglitz/Goergia_okeefe.jpg
Alfred Stieglitz - L'insufficienza della presenzaic
http://www.mastersofphotography.com/images/screen/stieglitz/stieglitz_john_marin.jpg
André Kertész - Il cono di luce
http://apphoto.8m.com/koleksi/ak02.jpg
André Kertész - Il reggitore di libri
http://www.jmcfaber.at/images/kertesz03.jpg
André Kertész - La vecchia sul trapezio
http://galeria.origo.hu/kincses/kertesz.jpg
August Sander - Il dimostratore pubblico
http://www.mastersoffineartphotography.com/02/artphotogallery/database/august_sander_03.jpg
August Sander - Il farmaco del dottor Morgenhufen
http://www.photographsdonotbend.com/artists/newobjectivity/varnisher.JPG
August Sander - Il mastro solutore
http://www.raederscheidt.com/Exilkatalog/August_Sander.jpg
August Sander –La vita non è altro
http://www.cosmopolis.ch/images/art/august_sander.jpg
Bill Brandt - Holin Hora Hora
http://www.elangelcaido.org/fotografos/bbrandt/bbrandt08.html
Bill Brandt - Il farmaco del dottor Morgenhufen
http://www.luminouslint.com/imagevault/html_1_500/259_thm.jpg
Bill Brandt - La vecchia sul trapezio
http://www.elangelcaido.org/fotografos/bbrandt/bbrandt07.html
Bill Brandt - La vita non è altro
http://www.cdowse.com/images/BBN0029N.jpg
Bill Brandt - La vita non è altro
http://www.elangelcaido.org/fotografos/bbrandt/bbrandt06.html
Bill Brandt - L'insufficienza della presenza
http://www.elangelcaido.org/fotografos/bbrandt/bbrandt13.html
Bill Brandt - Opere di carpenteria
http://www.kb.dk/kb/dept/nbo/kob/fotmus/udstillinger/brandt/grafik/withens_saml.jpeg
Bill Brandt - Opere di carpenteria
http://blog.urbanomic.com/tome/archives/brandt_francis_bacon.jpg
Brassaï (Gyula Halász) - Il cono di luce
http://www.elangelcaido.org/fotografos/brassai/abrassai07.html
Brassaï (Gyula Halász) - La vecchia sul trapezio
http://www.elangelcaido.org/fotografos/brassai/abrassai02.html
Brassaï (Gyula Halász) - La vita non è altro
http://www.apexinternet.com/portfolio/bamatmsu/images/brassai.gif
Brassaï (Gyula Halász) - La vita non è altro
http://www.elangelcaido.org/fotografos/brassai/abrassai06.html
Brassaï (Gyula Halász) - La vita non è altro
http://www.marquette.edu/haggerty/exhibitions/past/gilman/brassai.jpg
Edouard Boubat - Il grave ufficio
http://www.pixelpress.org/pixelpicks/picks_pix/freedman3.jpg
Edouard Boubat - Il reggitore di libri
http://www.parisetmoi.net/photo/boubat01.htm
Edouard Boubat - La vita non è altro
http://www.photogenesisgallery.com/lellabretsm.gif
Edouard Boubat - Opere di carpenteria
http://www.agathegaillard.com/im.boubat/Boubat%204.jpg

Eugène Atget - Il dimostratore pubblico
http://www.histoireimage.org/photo/vignette/jab13_atget_001v.jpg
Eugène Atget - Il dimostratore pubblico
http://www.elangelcaido.org/fotografos/atget/aatget02.html
Eugène Atget - La vita non è altro
http://www.elangelcaido.org/fotografos/atget/aatget01.html
Glauber Rocha – Le sciarpette rosse
http://www.museuvirtual.com.br/targets/galleries/targets/mvab/targets/arthuromar/targets/livros/images/cartas
.jpg
Grete Stern - Il cono di luce
http://www.studium.iar.unicamp.br/20/01.html?ppal=galeria.html
Grete Stern - Il dimostratore pubblico
http://www.elangelcaido.org/fotografos/gstern/gstern12.html
Grete Stern - Il dimostratore pubblico
http://www.elangelcaido.org/fotografos/gstern/gstern16.html
Grete Stern - Il grave ufficio
http://www.zonezero.com/exposiciones/fotografos/stern/auterr2.jpeg
Grete Stern - Il grave ufficio
http://www.elangelcaido.org/fotografos/gstern/gstern99.jpg
Grete Stern - Il grave ufficio
http://www.galeriaprincipium.com.ar/exposiciones/2001/GreteStern/tapa1.jpg
Grete Stern - La scopa di Okar
http://www.elangelcaido.org/fotografos/gstern/gstern07.html
Grete Stern - La signora di Pankow
http://www.elangelcaido.org/fotografos/gstern/gstern08.html
Grete Stern - La vita non è altro
http://www.elangelcaido.org/fotografos/gstern/gstern14.html
Grete Stern - La vita non è altro
http://www.elangelcaido.org/fotografos/gstern/gstern04.html
Grete Stern - La vita non è altro
http://www.elangelcaido.org/fotografos/gstern/gstern03.html
Grete Stern - Ruben Aser
http://www.elangelcaido.org/fotografos/gstern/gstern05.html
Grete Stern - Ruben Aser
http://www.elangelcaido.org/fotografos/gstern/gstern10.html
Henri Cartier-Bresson - Holin Hora
http://www.temple.edu/photo/photographers/cartier_bresson/images/boy.jpg
Henri Cartier-Bresson - Il dimostratore pubblico
http://fototapeta.art.pl/IMG/hcb/HCB3.jpg
Henri Fox Talbot - La scopa di Okar
http://www.fotocultura.com/noticias/imagenes/foxtalbot_galred.jpg
Henri Fox Talbot - La scopa di Okar
http://www.photoman.co.kr/photo/history/DaguerreoTalbot.jpg
Jacques-Henri Lartigue - La vecchia sul trapezio
http://www.photo.fr/portfolios/siecle/photos/vonunwerth2.jpg
Josef Sudek - La vecchia sul trapezio
http://www.elangelcaido.org/fotografos/sudek/asudek2.jpg
Josef Sudek - La vita non è altro
http://www.stephendaitergallery.com/dynamic/images/display/Josef_Sudek_Sunday_Afternoon_on_Kolin_Island_6
78_67.jpg
Man Ray - La vecchia sul trapezio
http://www.leninimports.com/foto_ray.jpg
Man Ray - La vita non è altro
http://www.azotacalles.net/flaneuse/arxius/handsonlipsManRay.jpg
Man Ray - Una l'Una
http://www.tristansgallery.com/imgs/photographs/manray/me03.jpg
Marilena Gelsumino - Il reggitore di libri
http://domenicoattanasii.interfree.it/hrabal.htm
Oscar Gustave Rejlander - Il cono di luce
http://www.denison.edu/library/class/images/rejlander.jpg
Prague Castle - La vita non è altro
webcam - 2004
Stare mesto prague - Il reggitore di libri
http://homepage.mac.com/musicnaut/trips/prague.html